KB271771

THE PUNISHER
더 퍼니셔

FUSION FANTASTIC STORY
서형석 장편 소설

더 퍼니셔 1

서형석 장편 소설

초판 1쇄 찍은 날 § 2012년 4월 5일
초판 1쇄 펴낸 날 § 2012년 4월 14일

지은이 § 서형석
펴낸이 § 서경석

편집부장 § 권태완
편집책임 § 어정원

펴낸곳 § 도서출판 청어람
등록번호 § 제1081-1-89호
등록일자 § 1999. 5. 31·
어람번호 § 제1-1363호

주소 § 경기도 부천시 원미구 심곡2동 163-2 서경B/D 3F (우) 420-822
전화 § 032-656-4452 팩스 § 032-656-4453
http://www.chungeoram.com
E-mail § chungeoram@chungeoram.com

ⓒ 서형석, 2012

ISBN 978-89-251-2832-0 04810
ISBN 978-89-251-2831-3 (세트)

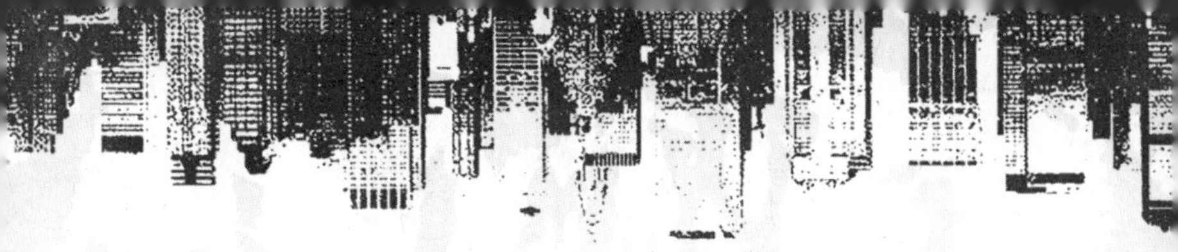

THE PUNISHER

더 펴니셔

FUSION FANTASTIC STORY

서형석 장편 소설

1

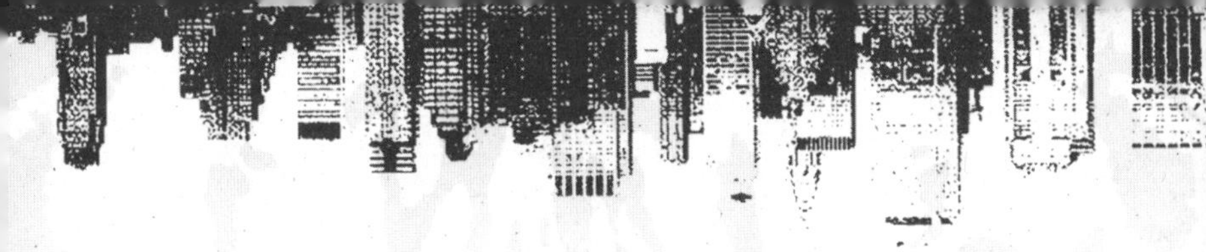

CONTENTS

2008년 가을.
도쿄 초고층 맨션 하이타워 3001호.

"으음, 대갑 씨, 어딨어?"

옆자리가 썰렁했는지 미나가 눈도 뜨지 않은 채 손으로
침대를 더듬으며 칭얼거린다. 부드러운 컬의 갈색 머리가
아무렇게 흩어져 예쁜 얼굴을 가리고 있다. 시트 밖으로 보
이는 새하얀 어깨와 부드러운 허리 곡선이 매력적인 아가씨
다.

침대 위 전라의 미녀는 미나.

그녀는 이제 19살로 올 봄에 학습원대학을 갓 입학한 새내기다. 이바라기(茨城) 현의 미토(水戶)가 고향인 그녀는 이를테면 도쿄로 유학 온 셈이다. 그때가 육 개월 전이니 나와 이런 관계가 된 것도 결코 빠른 것은 아니다.

나는 처음 그녀와 관계를 갖던 날 놀람을 넘어 신선함을 느꼈다. 성에 대해 상당히 개방적인 일본이다. 5분의 4 이상이 고교 졸업 전 처녀를 버릴 정도며 거추장스러워한다.

그런데 이 정도 미모를 지닌 미나가 숫처녀였다는 사실이 믿어지지 않았다. 그럼에도 불구하고 그녀는 수줍은 미소를 지은 채 밤새 그에게 매달릴 정도로 정열적이었다.

머물 곳을 찾지 못하던 그녀의 손이 본능에 이끌렸는지 내 하체로 파고들었다. 침대에 반쯤 걸터앉았던 나는 살며시 그녀의 손을 빼내고 자리에서 일어났다. 머리맡에 놓인 담뱃갑에서 담배 한 가치를 빼어 들고 벌거벗은 채 거실로 나갔다.

일어나 바로 시계를 보는 것은 대부분의 사람이 갖은 공통된 습관이다. 나 역시 제일 먼저 거실의 시계를 보았다.

시간은 아침 7시.

어제저녁 늦게 잠들고 밤새 미나를 괴롭혔지만 피곤을 느끼지는 않았다. 오히려 이 시간에 일어나지 않으면 몸이 찌뿌드드하다. 그건 모두 내 몸에 새겨진 백호 타투가 주는 효과일 것이다.

　　언제나 느끼는 것이지만 백호 타투는 신비한 뭔가가 있다. 그 비밀을 풀고자 15년을 매달렸지만 알아낸 것은 거의 없다. 그저 신체가 남보다 건강하고 정력이 절륜해졌다는 정도다.

　　창가로 다가가 커튼을 열고 담배에 불을 붙였다.

　　땅. 착.

　　귓가에 울리는 던힐 라이터의 경쾌한 소리를 들으며 길게 한 모금을 삼킨 후 내뱉는다.

　　"후우!"

　　깊숙이 빨아들인 담배 연기가 바람에 흩어진다. 내가 백해무익한 담배를 끊지 못하는 이유는 아무짝에도 쓸데없는 고집 때문이다. 남들이 나쁘다 나쁘다 하니 오기가 생겼다고나 할까?

　　어쨌든 고등학교 때 시작한 담배는 이젠 나의 오랜 벗 중의 하나가 되었다.

　　아래로 향한 시선에 대도시의 아침을 맞는 부지런한 사람들의 행렬이 보였다.

　　내가 살고 있는 이 맨션은 지상 30층의 로열하우스.

　　사람들이 깨알처럼 작게 보였다. 나는 이곳에서 개미같이 바쁘게 움직이는 사람들을 내려 보며 뭔가 이뤘다는 자부심을 갖는다.

　　"후우!"

꼬리를 무는 하얀 담배 연기를 보며 나는 생각에 잠긴다. 내가 깊게 잠 못 드는 이유 중의 하나는 늘 나를 괴롭히는 눈동자 때문이다.

벌써 15년이란 짧지 않은 세월이 흘렀지만 원망과 증오에 찬 소녀의 시선이 뇌리를 떠나지 않는다. 그 눈빛이 떠오를 때마다 죄책감에 빠지며 나도 인간이라는 것을 느끼는 것은 묘한 아이러니다.

따사로운 햇볕을 쬐며 창공으로 시선을 든 순간 난 반대편 건물에서 반짝하고 반사되는 빛을 보았다. 불현듯 좋지 않다는 예감에 급히 머리를 숙였다.

아니, 숙이려 했다.

번쩍.

퍼석. 픽.

무언가 뜨거운 것이 심장에 박혔다고 생각한 순간 의식이 차츰 흐려졌다. 그리고 주위의 경물까지 모래성처럼 부서져 내렸다. 그리고 마침내 내 몸이 무너지기 시작하며 의식의 끈을 놓았다.

내가 심장에 총알이 박혀 죽어가는 이곳.

일본의 수도 동경이다.

그때 내가 한 마지막 생각은,

'다시는 이렇게 살고 싶지 않다' 였다.

그렇게 나는 회한으로 점철된 35년의 생을 마감했다고 생각했다.

그런데…….

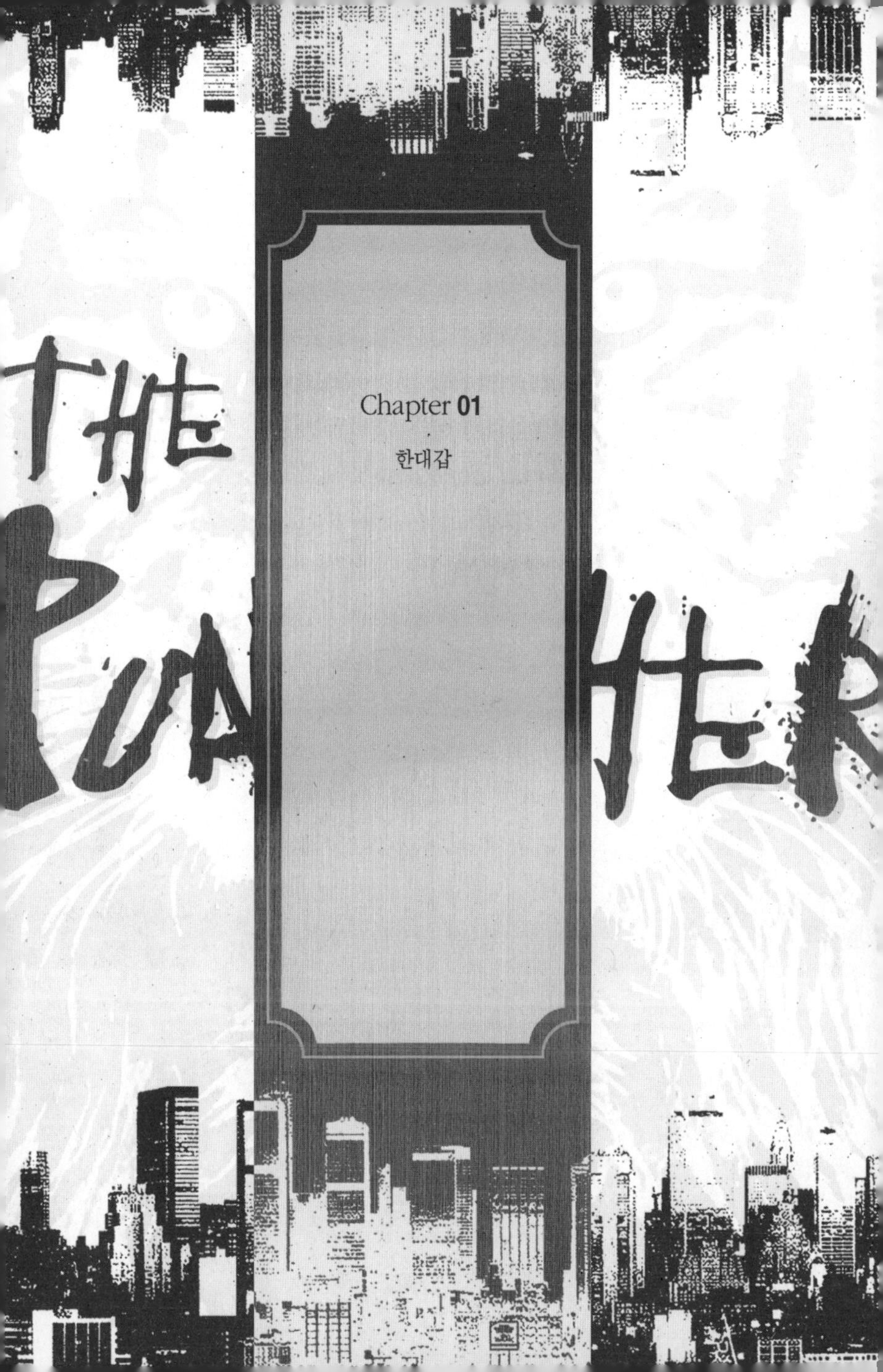
THE PUNISHER
Chapter 01
한대갑

"으, 으헉!"

아! 또 그 꿈꿨네. 한동안 꾸지 않던 꿈을 또 꾸었다. 아무래도 요새 격무에 시달려 몸이 허해진 것 같다. 사실 나흘 일하고 하루 쉰다는 건 말도 안 되는 거다. 그것도 주간조일 때는 다행이지만 야간조라면 정말 철인 3종 경기나 다름없다.

어디서 백사라도 한 마리 구해야 하는 것 아닌지 모르겠다.

아차차!

머리맡의 시계는 벌써 8시 반을 지나가고 있다. 원래 학교도 가까운 놈이 지각한다는데. 나도 직장까지 걸어서 5분 거리다. 부랴부랴 자리에서 일어나 욕실로 들어가 샤워했다.

아니, 하려고 했다. 근데 이놈의 보일러가 또 말썽이다. 다행히 아직 날이 춥지는 않아 대충 머리만 감고 세수하는 것으로 타협을 봤다.

'이거 오늘 또 아침 굶겠네, 아침을 든든히 먹어야 성공한다는데.'

출근한 뒤 눈치 봐서 라면이라도 하나 끓여먹을 생각이다. 커피는 가서 먹으면 되고 찬물이나 한 잔 마셔야겠다.

삐꺽. 탁.

쯧쯧! 1년 전부터 삐꺽거리던 현관문이 아직도 그대로다. 하지만 저 소리 듣는 것도 며칠 남지 않았다.

"한 순경, 이제 출근해?"

현관을 나서는데 주인집 아줌마가 아침부터 어딜 다녀오는지 말을 걸어온다.

"예, 어디 다녀오세요?"

"나야 애 아빠 출근시키고 동네 한 바퀴 돌고 왔지."

헐! 아줌마가 운동을……. 차라리 먹는 걸 줄이쇼. 물론 맘속으로 한 말이다.

나는 주인집 아줌마한테 이런 말 하는 정신 나간 놈은 아니다.

"다녀올게요."

"그래, 수고해."

골목길을 빠져나와 10미터 정도만 걸으면 차도가 나온다.

그리고 대각선으로 보이는 곳에 내 직장이 있다.

"정의 사회 구현. 구파발 파출소."

내 직장이다. 그리고 난 경찰이다. 애들 말로는 짭새, 영어로는 폴리스다. 물론 난 폴리스를 선호한다. 제일 싫어하는 단어는 민중의 지팡이고 두 번째가 순경이라는 단어다.

내 계급이 순경이니 달리 할 말은 없지만 왠지 일제 강점기의 순사(巡査)가 생각나는 단어다. 이 얼마나 기분 나쁜 단어인가.

순사=나쁜 놈, 또는 그에 비례하는 매국노.

내 머릿속의 사전에 나와 있는 순사의 뜻이다. 이제 25살의 혈기 왕성하고 애국심에 충만해 정의 사회 구현에 몸을 바친 청년이 들을 소리는 아니다.

어! 벌써 다 왔다.

끼익.

"좋은 아침입니다!"

"어, 나왔어? 오늘도 칼 출근이구나. 좀 일찍 나오면 어디 덧나냐, 집도 가까운 놈이……. 아침은 처먹었어?"

퇴근 준비를 하며 말을 거는 김 경장은 입은 좀 거칠어도 먹을 건 많이 사주는 사람이다. 한마디로 참 좋은 사람이다.

"아, 김 경장님은 지금 시간이 몇 신데? 뭐, 먹을 것 좀 있어요?"

"새끼, 소장님 나오기 전에 라면이나 끓여 먹어."

“소장님 늦어요?”

“어디 들렀다 온다더라. 너, 오늘이 주간 마지막이지?”

“예. 왜요?”

“흐흐흐, 새끼, 가는 날까지 한번 뺑이 쳐봐라.”

김 경장은 안됐다는 얼굴로 나를 보며 음흉한 웃음을 지으며 한 장의 서류를 들어 보였다. 저러니 사람이 궁금하지 않을 수 있나?

“뭔데요?”

“너, 전출 명령 나왔더라?”

“나왔어요? 어딘데요? 언제부터예요?”

“일주일 후. 야간조 끝나고 가면 돼.”

아까도 말했듯이 파출소 근무가 나흘 근무에 하루 휴식이다. 하루 2교대로 12시간을 근무해야 한다. 주간이야 별 할 일도 없지만 야간에는 할 일이 제법이다. 대부분이 취객 상대지만 그게 보통 피곤한 일이 아니다.

그리고 주변에 학교가 있어 말썽 부리는 애새끼들 때문에 골치 아프다. 요즘 애들은 애들이 아니어서 별짓을 다 하고 다닌다. 조직폭력에 강도는 필수고 강간에 협박, 공갈까지 한다.

몸은 벌써 성인이고 정신도 훌륭한 성인이다. 그런데 법적으로 미성년이다.

이게 미치고 환장하는 일이다. 옛날에는 그보다 더 어려도 시집, 장가가서 당당한 한 가정의 가장이고 어머니가 될 나인데도 말이다.

그런데 우리나라는 애새끼들에게 무슨 짓을 해도 용서받을 면죄부를 준다. 정신적으로 미성숙한 새끼들이라 판단 능력이 떨어진다나 뭐라나.

자식을 용서하려면 그 부모라도 잡아넣든지. 그것도 아니니 당한 피해자만 억울하다. 이제 놈들도 그걸 알기에 경찰 알기를 길거리에 싸질러 놓은 개똥 정도로 안다.

에휴! 싸가지없는 중, 고딩 얘기는 그만하련다. 아침부터 혈압 올려서 좋을 일 없다.

'그나저나 일주일 후라……'

경찰 시험에 합격하고 벌써 1년 반이 지났다. 그동안 조용히 순경 생활을 하며 승진 시험을 치러 합격했다. 그리고 처음 마음먹은 대로 강력계에 지원했다. 이제 곧 경장이 되고 강력계 형사가 된다는 말이다.

그동안 세상에 지은 죄를 조금이라도 갚기 위해서는 좀 더 자유로운 직위가 필요했다. 경찰이 되기 전에는 알지 못했으나 파출소 순경에게는 많은 제약이 있다.

빡빡한 근무 시간과 관할 구역의 협소함으로 운신이 자유롭지 못했다. 그러나 이제 형사가 되면 좀 더 자유로워질 것이므로 내가 마음먹은 일을 할 수 있었다.

'한대갑! 이제 시작이다.'

"뭐, 어쩔 수 없죠, 내 팔자가 그런 걸. 근데 어디예요?"

6개월 전 천호동에 전세로 작은 오피스텔을 얻어 전입신고를 해놨으니 아마도 강동서로 발령 났을 것이다. 거주지로 발령 나는 것이 우선이니 말이다. 그 사실을 모르는 김 경장이 의아한 얼굴로 물었다.

"응? 그런데 너 은평서가 아니라 강동서로 발령 났다. 어떻게 된 거야?"

"역시……. 천호동에 전세 얻어서 전입신고 해놨어요."

아무 일도 아니라는 듯 고개를 끄덕이며 가면실로 향했다.

파출소 카운터를 지나면 가면실이 있고, 그곳을 탈의실 겸용으로 사용한다. 가면실에서 근무복으로 갈아입고 얼른 냄비에 물을 끓인다. 수염이 석 자라도 먹어야 사니까.

"좋은 아침입니다."

"수고하셨습니다."

주간 근무자들이 출근하며 야간 근무자와 인사를 나눈다. 이제 잠시 후면 조용한 파출소의 주간 근무가 시작되는 것이다.

"후, 후! 후루룩, 쩝쩝."

몇 젓갈 건지지도 않았는데 벌써 냄비가 바닥을 보인다. 요새 라면 하나, 정말 먹을 거 없다.

"꿀꺽꿀꺽. 크."

그래도 국물까지 다 마시고 나면 허기는 잊을 수 있다. 물한 잔 마시고 '오늘 하루도 무사히' 라고 기도하며 사무실로 나갔다.

따르릉, 따르릉.

식후 불연초하면 삼 초 후 즉사라는 말이 생각나 담배를 하나 꺼내 불을 붙였을 때 전화벨이 요란하게 울리고 있었다.

어! 그런데 보안 회선이다. 저게 울려서 좋은 꼴을 보지 못한 사무실 분위기가 썰렁하다. 모두 껌뻑껌뻑 눈치만 보고 있자 한 순경이 고개를 가로저으며 수화기를 든다.

"통신 보안, 구파발 파출소 한정일 순경입니다. 예? 무장 탈영이라고요!"

컥! 이게 무슨 소리냐? 무장 탈영병이라니!

털레털레.

결국 사무실에 소장을 남겨놓고 무장탈영병 수색 작업에 지원을 나왔다.

송추에 있는 부대에서 일병 한 명이 탈영해 서울로 향하고 있다고 한다. 쯧쯧! 무슨 사정이 있는지 몰라도 웬만하면 참고 견디지.

우리는 지금 구파발 삼거리에 있는 검문소 주변에 와 있다. 군인들이 1선 수색을 담당하고 지원 나온 경찰들이 2선의 길목을 담당한다.

"야! 한 순경, 사람 많은 데로 다녀. 괜히 으슥한 곳에서 마주치지 말고.”

“예, 김 순경님.”

“새끼, 우리 쪽으로 오면 곤란한데…….”

생활의 지혜다. 이 얼마나 삶의 경험에서 우러나오는 절절하고도 적절한 충곤가!

탈영병은 총까지 들고 튀어나와 심리가 불안한 상태일 것이 분명하다. 더구나 시시각각 조여오는 포위망은 그를 궁지에 몰아넣고 있다. 그가 최악의 선택을 할 여지는 충분했다.

난 충고를 겸허히 받아들여 김 순경 옆에 바짝 붙어 수색대와는 멀찍이 떨어졌다. 우리 말고도 관할 경찰서, 파출소에서 지원 나온 경찰들은 다 같은 생각이다. 물론 앞장서 수색에 나선 군바리도 마찬가질 거다.

부모 잘못 만나 군대에서 뺑이 치는 그들이라고 무슨 죄가 있나. 신의 아들, 아니, 조카쯤도 되지 못하는 팔자를 탓해야지.

‘에이, 썩을 세상!’

아무튼 나는 김 순경과 이름 모를 야산의 입구에서 우리 쪽으로 나타나지 않기만을 바라며 있다.

‘근데 여기 있기는 있는 거야?’

“김 순경님, 탈영병이 산에 있기는 있답니까?”

“그걸 내가 어떻게 알아? 군바리 새끼들이 그러니까 그런가 보다 하는 거지. 암튼 헌병대 새끼들은 맘에 안 들어.”

구파발에는 두 곳의 수도방위사령부가 운영하는 검문소가 있다. 일산, 원당 쪽 방향과 송추, 일영 방향에서 서울로 진입하는 곳이다. 헌병대가 큰 벼슬이라고 생각하는지 놈들의 뻣뻣한 태도가 맘에 들지 않는 김 순경이다.

"걔는 왜 탈영했답니까?"

"뻔하지, 뭐, 고참들 가혹 행위 아니면 여자나 가정 문제 아니겠어? 근데 헌병대 애들이 쉬쉬하는 거 보면 이번엔 내부 문제 같아."

조그만 야산을 새까맣게 물들이며 수색 작업을 벌이는 군바리를 보며 대화를 나누고 있었다.

'빨리 잡혀야 할 텐데……'

그러나 내 바람과는 달리 탈영병은 쉽게 잡히지 않았다.

지원 나온 지 벌써 8시간이 지나 주위가 조금씩 어두워지고 있었다. 산을 두세 번은 뒤집은 것 같은데 발견하지 못한 걸 보니 이미 빠져나간 듯했다.

근데 돌덩이보다 더 단단한 머리를 지닌 군바리 지휘관들은 그렇게 생각하지 않아서 문제다. 덕분에 애꿎은 사병들만 뺑이 치고 있다.

"김 순경님, 얘 여기 없는 것 같은데요? 쟤들 무슨 생각으로 아직도 여길 뒤지는 거죠?"

"글쎄 말이야. 빠져나가도 벌써 빠져나간 것 같은데. 새끼들, 지들 안 깨지려고 저러지."

"우린 언제까지 여기 있어야 해요?"

"안 잡히면 교대 시간까지는 있어야지, 왜, 데이트라도 있냐?"

"여자나 소개시키고 그런 소리 해요. 뻔히 여자 없는 거 알면서 약 올리는 것도 아니고."

"야, 대갑아, 너 강력계 가면 장가가기 어렵다. 뭐, 벌써 늦었구나."

김 순경이 불쌍하다는 듯 쳐다보며 한숨을 내쉰다. 하긴 쥐꼬리만 한 월급, 한 달에 반은 야간 근무를 해야 하는 빡빡한 일정 앞에는 있던 여자도 도망간다고 한다.

"그래도 내년쯤에는 바뀔 수도 있다고 하던데요?"

"그러면 좋지. 그런데 그것도 가봐야 알지."

현재 맞교대를 삼교대로 바꾼다는 소문이 돌고 있다. 하지만 알다시피 이런 소문은 10년 전부터 나오고 있다. 즉, 언제 될지는 아무도 모른다는 소리다.

아무튼 김 순경과 발전적인 대화를 나누는 가운데 시간은 흘러 교대 시간이 다가왔다.

"어이! 김 순경, 한 순경, 수고했어."

"김 경장님, 교대 오신 겁니까?"

김 경장이 야간 근무자와 함께 교대하러 왔다.

"응, 파출소에 들렀다 퇴근해. 너 내일 휴무지?"

"예."

“낮에 집에 들러라. 너 전출 가기 전에 마누라가 같이 밥이나 먹잔다.”

“형수님이요?”

“그래. 처제도 온다니까 사우나에 가서 머리도 깎고 때도 좀 밀고 와라.”

“흐흐흐, 형수가 웬일이래? 짭새는 싫다고 했잖아?”

헤벌레 웃는 얼굴로 김 경장의 옆구리를 쿡 찌르며 물었다. 처제가 있다는 것을 알고 나서 계속 소개해 달라고 졸라도 경찰은 생각만 해도 진저리가 난다고 거절하던 형수다.

“새끼, 좋아하기는? 넌 1년 만에 진급했다고 싹수가 있는 놈이라고 하더라. 나하고는 다르다고 한번 만나는 보란다. 되고 안 되고는 니 문제야. 나한테 엉길 생각은 마.”

“흐흐흐, 알았어요. 그럼 가볼 테니 수고하세요. 모두 고생하십시오!”

김 경장과 교대조에 인사를 하고 주간조는 파출소로 철수했다.

다음날 김 경장의 말대로 사우나에 들러 때 빼고 광냈다.

“자식! 괜찮은데?”

거울에 비친 모습을 보면 꽤 쓸 만한 몸이다. 180에서 조금 빠지지만 78킬로 체중이 뚱뚱해 보이지 않을 정도로 딴딴한 몸이다. 거기에 사내답고 호쾌해 보이는 마스크. 아, 오해하지 마라. 못생겼다는 건 아니다.

비만 아니냐고?

그건 절대 아니다. 사실 비밀인데 내가 근육이 좀 있다. 보기에는 70킬로 정도밖에 안 나갈 것 같은데 체중계에 올라서면 어김없이 78킬로를 가리킨다. 내 근육이 남들보다 조금 무거운 것 같다.

1시쯤 되어 과일 바구니 하나를 사 들고 김 경장의 집으로 향했다. 난 매너 있는 남자니까.

띵동띵동.

—누구세요?

"형수님, 접니다. 대갑이."

—호호, 어서 오세요.

덜컹.

김 경장은 부모님이 물려주신 단독주택에서 산다. 집이 있어 가늘고 길게 경찰 생활 할 생각이란다. 큰 욕심이 없는 사람이라 비리도 없다. 뭐 파출소 경장이 비리를 저지르고 싶어도 건수도 없지만 말이다.

대문을 지나 현관으로 들어서니 형수가 반갑게 맞아준다.

"호호, 어서 오세요."

"와우! 형수는 점점 젊어지십니다. 이러다 김 경장님하고 외출하면 원조교제한다는 소리 듣겠습니다?"

"호호호호! 한 순경님은……. 어서 올라와요."

형수는 립서비스 한 번에 좋아서 죽으려고 한다. 돈 드는 거 아니고 남발한다고 해서 청문회 가는 거 아니라 난 열심히 서비스한다. 현관으로 올라서며 과일 바구니를 내밀며 물었다.

"예. 근데 김 경장님은?"

"아직 자요. 이제 일어날 때 됐어요. 뭘 이런 걸……. 뭐 시원한 거라도? 아니면 커피?"

"커피 주세요."

"은영아, 커피!"

"언니! 내가 다방 레지야?"

'허! 목소리는 좋은데 성질있네.'

내가 누구냐는 얼굴로 형수를 쳐다봤다. 형수는 무안한 듯 얼굴이 빨개지며 웃음으로 얼버무린다.

"호호호, 내 동생인데 아직 철이 없어요. 자, 앉아 있어요. 커피 가져올게."

"예, 형수님."

머쓱한 얼굴로 거실 소파에 엉덩이를 붙였다. 솔직히 기분은 좋았다. 내가 이상한 게 아니라 난 좀 괄괄한 성격의 여자가 좋다. 낮에는 현모양처, 밤에는 요부라면 더 좋겠지만 순종적인 여자보다는 까칠하고 톡톡 튀는 여자가 좋다. 그런 면에서 일단 스타트는 굿이다.

잠시 후 형수가 차 쟁반을 든 아가씨를 데리고 주방에서 나왔다.

아! 참 착한 몸매다.

165 정도의 늘씬한 키에 많이 튀어나오고 알맞게 들어간 곡선이 'S라인은 바로 이거다' 라고 말하고 있다. 시선이 나도 모르게 많이 튀어나온 곳을 훑고 얼굴로 향했다.

아! 이런 실례가! 하지만 얼굴보다 앞에 나와 있어 어쩔 수 없었다.

쩝! 그런데 얼굴이 아니다.

못생기지는 않았는데 참 편한 느낌의 얼굴이다. 몸매가 기대치를 한껏 높여놔서 더 그랬다. 그리고 내가 표정 관리를 잘 못한다.

처제는 내 표정을 보고 피식 썩소를 흘리며 앞자리에 털썩 앉았다.

척.

'손은 예쁘네.'

희고 가느다란 손가락을 가진 아주 예쁜 손이 내 눈앞에 있다.

"김은영이에요."

내가 평생 웬수로 지낼 김은영을 만난 순간이다.

덥석.

"한대갑입니다."

손을 너무 세게 잡았는지 은영이 얼굴을 찡그리며 손을

뺐다.

"호호, 한 순경… 아니, 이제 한 경장님이지. 얘가 내 동생인데 학교 졸업하고 벌써 1년이 지났는데 아직 백조예요."

"언니는, 나도 돈 번다니까!"

"니가 뭐해서 버는데?"

"그건… 관두자, 관둬!"

"계집애, 할 말 없으면 꼭 그러더라."

흠! 백조치고는 옷차림이 화려하다. 디자인이 화려한 게 아니고 상표가 화려하다.

'저건 샤넬?

손목엔 롤렉스. 반지와 목걸이도 심상치 않은 상표다.

'얘, 뭐하는 애야?

김 경장 처가댁은 평범한 집이라고 했다. 냄새가 난다, 냄새가. 그러나 무럭무럭 피어오르는 의구심을 이 자리에서 확인할 생각은 없다.

"어! 왔어?"

"예. 이제 일어나십니까?"

김 경장이 일어나 거실로 나오며 나를 보고 아는 체한다. 내 인사에 머리를 긁적이며 커피라도 얻어 마시려는지 내 옆으로 엉덩이를 들이밀었다.

"어제 밤이슬 맞았잖아. 자꾸 밤이슬 맞으면 몸 축나는데……"

"어딜 앉으려고 해요! 헛소리하지 말고 어서 씻고 나와요. 다들 당신 일어나기만을 기다린 것 안 보여요?"

"알았어……."

경찰 와이프 중에 성격없는 여자 없다는 말이 맞는 듯하다. 김 경장은 형수의 한마디에 꼬리를 말고 욕실로 사라진다.

나는 할 말도 없고 해서 김 경장이 나올 때까지 애꿎은 커피 잔만 만지작거렸다. 나를 아래위로 훑는 은영의 시선을 느꼈지만 모른 체 무게만 잡고 앉아 있었다.

힐끗 보니 심사가 끝났는지 제 언니랑 얘기하고 있다. 근데 가끔 나와 시선이 마주치면 피식거리는 게 썩 좋은 점수를 받지는 못한 것 같다.

'야, 나도 너 같은 애 별로야. 그리고 니가 내 진가를 알기에는 10년은 빨라!'

"왜요?"

'헉! 애가 독심술이라도 했나? 그렇게 눈을 똑바로 뜨고 물어보면 당황하잖아.'

"예? 아, 아닙니다. 아, 김 경장님은 왜 이렇게 안 나와?"

덜컥.

"아, 미안. 여보, 일단 밥부터 먹자. 대갑아, 이리 와라!"

다행히 김 경장이 나와 난처한 순간은 벗어났다.

'근데 쟤는 왜 자꾸 날 보고 피식거려? 성질나게. 아오! 김 경장 처제만 아니었으면…….'

"참! 김 경장님, 어제 어떻게 됐어요?"

"어떻게 되긴, 헛수고만 했지. 빠져나가지는 못했다고 생각하는지 검문소 주변은 난리야, 난리. 덕분에 수방사(수도방위사령부) 애들만 고생하게 생겼지."

"벌써 서울로 들어온 것 아닐까요?"

"글쎄. 만일 그렇다면 우리 동넨 그냥 지나갔으면 좋겠는데……."

그럴지도 모른다고 생각하는지 김 경장의 안색이 어두워졌다. '길고 가늘게'가 모토인 사람에게 관내 탈영병은 가혹한 시련이다.

"설마 여기서 뭔 일 벌이겠어요? 근데 뭣 때문에 탈영했대요?"

"그게 좀 골치 아픈 것 같더라. 쉬쉬하는데 내가 누구냐? 일단 우리에게 알린 정보는 다 거짓말이야. 탈영병은 안 하사라고, 살인 사건 용의자란다. 영내 구타로 사병이 한 명 죽었는데 탈영한 하사 놈이 유력한 용의자래. 얘가 원래 좀 똘기가 있어 평판도 안 좋아."

"무장은요?"

"M16에 탄창 하나라고 하던데, 놈들 말 믿을 수 있나?"

"그건 어떻게 들고 나왔대요? 원래 그렇게 허술하게 관리해요?"

군대를 가지 않은 나는 총기 관리에 대해 잘 모른다. 하지

만 경찰도 철저하게 하는데 군대는 더 그럴 것이라는 생각에
물었다.

"야, 탄알 한 발이라도 없어져 봐라, 난리 나는 게 군대야."

형수가 알 수 없는 얘기는 듣고 싶지 않은지 김 경장에게
눈총을 준다.

"아유, 집에서 일 얘기 그만해요. 좋지도 않은 범죄 얘길
꼭 집에서까지 해야 되겠어요?"

"어, 미안. 대갑이가 물어봐서 그랬지. 어서 먹자."

"형수님, 미안해요."

"호호호! 됐어요. 차린 건 없지만 많이 먹어요."

"예, 잘 먹겠습니다."

하지만 일부러 초대한 것치고는 정말 차린 건 없었다. 요새
김 경장이 배 나온다고 형수한테 욕먹었다고 하더니 완전히
그린 필드다. 내가 월드컵 보러 온 것도 아니고 타이거 우즈
나 박세리도 아닌데 이건 참……

하기는 사위가 온 것도 아닌데 씨암탉 잡으라는 얘기는 아
니다. 그렇지만 평소 먹던 수준에 숟가락 하나 더 놓은 풀밭
을 보니 왠지 과일 바구니가 아깝다는 생각이 든다.

"언니, 이게 다야? 둘이 이렇게 먹고사는 거야? 이래 가지
고 형부, 힘이나 쓰겠어?"

'호! 웬일이냐, 명품녀. 싸가지없는 애들이 반찬 투정한다
고 하던데 오늘은 괜찮아. 어서 더 짖어봐.'

"어머! 얘, 넌 시장 안 가봐서 몰라서 하는 소리다. 웰빙 몰라, 웰빙? 요샌 고기보다 채소가 더 비싸. 넌 유기농 채소라는 말 들어보지도 못했니? 뭘 알기가 알고 말을 해야지. 호호호! 그렇죠, 한 경장님?"

'형수, 그런 식으로 물으면 내가 뭐라고 해야 합니까? 그리고 난 입이 싸구려라 비싼 채소보다 값싼 고기가 입에 맞습니다. 혼자 사는 총각 불러놓고 이게 뭐하는 짓입니까?'

활짝 웃으며 대답했다.

"그렇죠, 형수님. 요즘 대세는 웰빙이죠. 유기농 아니랍니까, 유기농."

어디선가 웰빙, 유기농의 뜻이 '비싸게 팔고 싶다' 라는 말을 들은 것 같다. 나와 시선이 마주친 김 경장은 어색한 눈웃음을, 은영은 비웃음을 보냈다.

나는 그들의 시선을 외면한 채 풀밭에 누웠다.

'아오, 나가서 햄버거라도 하나 씹어야겠다.'

"너, 강동서라고 했지? 우리 처제도 거기 살아. 잠실."

"형부, 나 사는 덴 송파구."

"어, 강동구 아니었어?"

"가깝지만 송파구예요. 근데 한 순경님, 강동서에 근무해요?"

은영의 눈이 반짝하고 빛난 건 내 착각인가?

"다음 주부터요."

"무슨 과요?"

'얘가 갑자기 왜 내게 관심을 갖지? 근데 미안하지만 넌 내 타입은 아냐.'

"강력게 지원했습니다."

"호오! 그래요?"

"왜? 안 어울려 보입니까?"

"아네요. 호호, 그 얼굴로 안 어울리면 누가 어울리겠어요? 딱이에요, 딱!"

"얘, 넌 무슨 말을 그렇게 하냐? 남자는 이렇게 선이 굵어야 해. 너도 시집가 보면 알아."

형수가 김 경장을 쳐다보며 나를 두둔한다.

'이거 칭찬이야, 욕이야?'

언니가 말하거나 말거나 은영의 눈은 생선을 발견한 고양이 눈이 되어 나를 훑어본다.

*   *   *

어쨌든 식사를 마치고 티타임을 갖는 자리에서 성인들의 놀이방에 가기로 했다. 노래방 말이다, 노래방. 당시 노래방은 미성년자 출입 금지다.

'그런데 보통 남녀를 소개시키는 자리에서 그런 데 가나? 눈치껏 피해주는 거 아냐?'

왜 그러냐고?

봐라!

김 경장과 형수는 마이크에 한이라도 맺힌 사람처럼 놓을
줄을 모른다. 김 경장은 매지도 않았던 넥타이가 어디서 나왔
는지 머리에 둘러져 있다. 테이블은 한쪽으로 밀려나 어느새
두 사람의 스테이지로 변했다.

나?

나는 한쪽 끝에 찌그러져 번호를 누르고 있다. 형수와 김
경장은 노래 번호도 외우는지 쉬지 않고 주문한다.

턱.

번호를 누르고 있는데 누가 어깨를 치기에 돌아보니 은영
이다. 내 얼굴을 빤히 쳐다보더니 얼굴을 들이댄다.

헉!

아니, 얘가 왜 얼굴을 들이대? 언니와 형부도 있는데서 뭘
하려고? 그런데 가슴은 왜 뛰지?

"아저씨, 우리 나가요."

난 순간 벙 쪘다. 머릿속을 뱅뱅 도는 세 글자. 아저씨, 아
저씨, 아저씨…….

아저씨라니! 25살 꽃 같은 청년한테 아저씨라니? 얘가 시
력까지 안 좋은 모양이다.

"나, 아저씨 아닌데?"

"아, 알았어요. 여기 짜증나니까 나가자고요, 한 순경님!"

내 손을 잡고 확 끌면서 말한다. 그 박력에 뻘쭘해져 따라 나왔다.

"조용한 데 가서 술이나 한잔해요?"

"그럽시다."

그런데 나를 끌고 가다시피 한 은영이 발걸음을 멈춘 곳은 전혀 의외의 장소였다.

은평 감자탕.

'여기가 조용한 데?

애가 내가 맘에 안 들어도 단단히 안 들었나 보다. 어쨌든 오늘은 소개팅인데 감자탕집이라니. 어이없는 표정으로 감자탕집을 가리키며 은영을 쳐다보았다.

은영은 히죽 웃고 앞장서 문을 열고 들어갔다. 도대체 애는 예측 불허다. 어쩔 수 없이 털레털레 뒤를 따라 들어갔다.

"아줌마, 감자탕 큰 거 하나, 소주 하나!"

자리에 앉아 감자탕과 소주를 시킨 그녀는 나를 빤히 쳐다보다 뜬금없이 말한다.

"친구 하자!"

"너, 몇 살인데?"

"애가 촌스럽게. 너 스물다섯 살이라며? 남자 여자 한 살

차이면 내가 누나나 마찬가지야. 그런 거 따지지 말고 그냥 친구 하자."

"왜?"

"너, 나 맘에 들어?"

'응?

애가 직구로 승부하네. 잘못하면 쟤 페이스에 말리겠다. 얼른 고개를 절레절레 흔들며 강하게 부정했다.

"아니! 넌?"

"호호호! 난 맘에 들어. 근데 넌 나랑은 안 어울려. 아니, 니가 날 감당 못해. 그래도 대놓고 부정하니까 기분 나쁘네."

하지만 말과는 달리 전혀 기분 나쁜 표정이 아니다.

'근데 이게 계속 반말이야.'

그래도 성격은 뭐, 맘에 든다. 내숭 떨거나 조신한 여자는 솔직히 별로다. 그러나 난 성격 보고 여자를 좋아하진 않는다. 여자는 필(feel)이다, 필.

이참에 또래 친구나 사귀어볼까.

"너, 뭐하냐? 나가냐?"

민감할 수 있는 질문이다. 그러나 모른 체하고 있었지만 난 이미 은영에게서 화류계의 냄새를 맡았다. 내 질문이 뜻밖이었는지 은영의 눈이 동그래졌다. 한동안 벙 찐 얼굴로 날 쳐다보던 은영이 갑자기 까르르 웃는다.

"호호호호!"

“야!”

‘아, 씨! 얘가 정말 사람 당황하게 만드네!’

은영의 웃음소리에 손님들의 시선이 우리를 향했다. 내가 낮은 목소리로 주의를 주자 웃음을 멈추고 내게 묻는다.

“너, 어떻게 알았어? 어수룩한 척하며 뒤통수칠 놈이네?”

“놈?”

“아, 미안, 미안! 우리 아직 그런 사인 아니지?”

“부모님은 아시냐? 아니, 알 리가 없지. 언제부터 나갔냐?”

“꽤 됐어. 야, 그 얘긴 그만하자. 지금 내 과거가 중요한 거 아니잖아? 어때, 친구 할래?”

‘친구라……. 나가요랑 친구라…….’

세상 사람들은 술집에 나가는 아가씨들이 어쩔 수 없는 사정에 나간다고 생각한다. 하지만 실상을 알면 그런 경우의 아가씨는 거의 없다. 허영심에 절어서 스스로 선택하는 경우가 대부분이다.

일본 같은 경우에는 어엿한 하나의 직업으로 인정받지만 아직 우리나라는 음지의 직업이다. 은영처럼 활발한 애도 떳떳하게 밝히지 못한다. 그래도 별다른 기술 없이 많은 돈을 벌 수 있는 직업이라 늘면 늘지 절대 줄어들지는 않을 것이다.

아무튼 나는 직업에 대한 편견은 없다. 은영도 성인이고 제가 선택한 인생이다. 나한테 책임지라고 하지 않는 이상 내가 관여할 바는 아니다. 그리고 애 같은 애들은 부모 말도 안 듣는다. 그런데 내 말이 씨알이나 먹히겠냐? 말하는 내 입만 아프다.

"왜 나랑 친구가 되고 싶은데? 나 이제 경장이야. 너한테 도움 줄 만한 처지가 아니라고."

"짜식, 따지기는."

은영이 뭔가 더 말하려 하는데 감자탕과 소주가 나왔다. 은영이 술병을 따서 내 잔에 따른다.

쪼르륵.

"술 마시지?"

"그래."

쪼르륵.

나도 한 잔 따라줬다.

"일단 먹고 마시고 보자. 사람이 같이 먹고 마시다 보면 또 볼 사람인지 다신 보지 않을 사람인지 알 수 있다더라. 자, 어쨌든 첫 만남을 위해 건배!"

턱.

꿀꺽꿀꺽.

탁, 탁.

"카!"

쪼르륵, 쪼르륵.

한 모금씩 마셔 빈 잔에 술을 따르자 은영이 감자탕을 접시에 덜어 주며 웃는다.

"야, 안주도 먹어?"

"아주 자연스럽게 말 놓는구나?"

"에이, 이제 와서 새삼스럽게 왜 그래?"

살짝 흘겨 뜨는 눈이 여자는 여잔가 보다. 귀엽다. 은영이가 귀엽게 보이는 것을 보면 내가 금욕 생활을 오래 하긴 오래 했나 보다. 오늘은 취하면 안 되겠다.

"마셔!"

꿀꺽, 탁.

쪼르륵.

몇 잔 마시다 보니 편하게 말하는 것은 아무도 신경 쓰지 않았다. 뭐 거반 친구가 됐다.

"야, 너, 솔직히 말해봐. 나랑 왜 친구 하자는 건데?"

"호호호! 짜식, 소심하긴."

눈을 한번 흘기고 백을 열어 명함을 한 장 건넨다.

"뭐야? 응? 이원? 마담 김은영. 너, 마담이야? 아가씨 아니고?"

"호호호! 너도 내가 맘에 안 든다며? 니 눈에도 안 드는데 아가씨 해서 먹고살겠냐?"

"어, 그건 그거고, 그래도 너, 몸매 하나는 죽이잖아? 응! 천호동? 너, 가게 천호동이야? 강동구 천호동?"

"호호호호!"

당했다는 내 표정에 은영이 주변 사람은 신경 쓰지도 않고 흐드러지게 웃는다.

꿀걱. 탁. 쪼르륵.

"에이, 씨팔! 이 기집애 땜에 출근도 하기 전에 비리에 먼저 발을 들여놓네."

"호호호! 야, 야, 착각하지 마! 니 말대로 초짜 형사가 뭘 할 수 있는데? 그리고 내가 니네 서(署)에 아는 사람 없을 것 같아?"

'어? 그러고 보니 그렇네.'

그렇다고 얘가 외로워서 순수한 마음에 나랑 친구 하자 했다고는 믿을 수 없다. 그리고 잘은 모르지만 지금까지 본 결과로 그럴 애도 아니다.

'아! 정말 헷갈리게 만드네.'

나도 직구로 승부해야겠다.

"그럼 뭐야?"

내가 인상을 쓰고 묻자 은영은 싱글싱글 웃으며 아무렇지도 않게 말한다.

"응, 투자."

"투자?"

"그래. 넌 봉 잡은 줄 알아. 앞으로 니 청춘은 내가 책임진다."

솔깃한 말이지만 은영은 싫다. 그래서 다시 한 번 확인시켜

줬다.

"나, 너 싫다니까?"

"에구! 이 빙신! 누가 날 준대? 나도 너 싫어."

"그럼?"

"가끔 동생들하고 마실 때 부를 테니 술이나 마시러 와."

"니네 가게 갈 돈 없어."

"가게 말고 사석 말이야, 사석!"

출렁.

은영이 내가 말귀를 못 알아듣는 척하자 답답한지 큰 가슴을 치며 말한다.

'얘는 먹으면 다 가슴으로만 가나.'

애써 시선을 돌려 은영을 똑바로 쳐다보고 말했다.

"좋아! 사석이라면 못 갈 것도 없지. 근데 딱 하나만 약속하자. 내가 경찰이라는 건 절대 잊지 마라."

"호호호! 알았어. 알았으니까 그만 인상 풀어. 애도 인상 쓰니까 무섭네."

그렇게 그날 은영은 내 청춘을 책임져 주기로 하고 친구가 되었다. 술을 마시며 은영과 많은 애기를 한 것 같은데 하나도 생각나지 않는다.

사실 술자리는 주고받는 대화가 중요한 것이 아니다. 내 애기를 뒤탈없는 사람에게 할 수 있다는 것이 중요하다. 물론 그 자리의 애기를 기억하지 못하면 가장 좋은 일이고 말이다.

그래서 친구와의 술자리가 제일 편한 것이다.

나도 오랜만에 2차, 3차까지 자리를 옮겨가며 마음 편하게 마셨다. 내일부터는 야간 근무라 아침을 굶을 걱정도 없었다.

나도 한 술 하지만 은영이도 보통은 넘었다. 그래도 나보다는 먼저 뻗어 엉겨 붙기 전에 택시에 태워 보냈다. 술에 취해 늘씬한 은영이 안겨오면 솔직히 어찌 될지는 나도 자신이 없다. 난 후회할 짓은 안 하는 주의라 그런 불상사는 미연에 방지한다.

*　　　*　　　*

"으… 음……."

난 귀소본능이 상당히 강하다. 아무리 술에 취해도 잠은 꼭 집에 와서 잔다. 숙취는 없는데 속이 쓰리다. 이럴 땐 난 콜라다. 냉장고에서 콜라를 한 병 꺼내 벌컥벌컥 들이켰다.

"카!"

속이 깎이는 기분. 이 기분이 좋아 콜라를 마신다. 콜라 한 병을 다 비웠더니 잠이 달아났다. 한번 잠에서 깨면 다시 잠들지 못하는 부지런한 몸을 원망하며 시계를 쳐다봤다.

새벽 5시.

'어째 술 먹으면 더 일찍 일어나게 되는지…….'

자리를 차고 일어나 주섬주섬 트레이닝복을 입었다. 집 뒤

편의 이름없는 야산에 오를 생각이다. 이 산을 따라가면 고등학교가 나와 일부 학생들이 통학로로 사용하기도 한다.

그런데 요즘에는 싸가지없는 애새끼들이 모여서 담배 피우고 본드 하고 해서 다니는 사람이 없다. 그래서 그 위에 있는 약수터에도 사람이 줄었다.

'오랜만에 약수터나 갔다 오자!'

타다닥, 타닥.

아직 채 어둠이 걷히지 않아 어둑어둑한 새벽길을 천천히 달렸다.

몸에 백호 문신이 생기고 난 후 내 몸에는 몇 가지 변화가 일어났다. 그중 바람직한 변화라면 육감의 발달을 꼽을 수 있다.

시각(視覺), 청각(聽覺), 후각(嗅覺), 미각(味覺), 촉각(触覺)의 오감은 범인의 수준을 훨씬 뛰어넘었다. 그리고 또 하나 여섯 번째 감각인 초감각이 무척 예민하다.

아, 아! 오해는 말아라. 그렇다고 내가 귀신을 본다거나 예지몽을 꾼다거나 하는 건 아니다.

뭐라고 설명할 수 없는 것이 때때로 뇌리를 스쳐 갈 뿐이다. 말 그대로 육감의 경우는 내가 조절할 수 있는 것이 아니다. 직감이라고나 할까? 뭐 그런 거다.

오감의 경우는 집중하면 더 예민해진다. 필요에 따라 내가 조절할 수 있다는 말이다. 솔직히 미각은 잘 모르겠다. 난 다 잘 먹어서 마땅히 수련이 되지 않는다.

하지만 시력은 아마 10.0은 되지 않나 싶다. 후각은 개한테 '형님!' 소리 들을 정도고 청각은 십장(十仗)밖에서 떨어지는 낙엽은 아니라도 돌멩이 소리는 들을 수 있다.

그리고 흐흐흐! 가장 중요한 촉각은 한 번 만져본 여자는 눈 감고도 알아맞힐 수 있다. 이게 다 덕유산에서 삼 개월의 수련 성과다.

응? 3년도 아니고 달랑 삼 개월 했냐고?

맞다. 달랑이 아니라 무려 삼 개월을 했다. 남의 일이라고 편하게 말하지 마라. 조선시대 도 닦은 도사도 아닌 스무 살의 청년이 산속에서 얼마나 버틸 수 있다고 생각하냐.

소설과 현실을 혼동하지 마라. 삼 개월도 긴 거다. 말 마라. 혼자서 별 미친 짓을 다 했다. 아마 그때 쫓기지 않았으면 사흘 만에 내려왔을 거다. 밤이 되면 춥고 무서웠고 말을 하지 않아 입에서 똥내가 나는 것 같았다.

그런 모진 고난과 역경을 헤치고 삼 개월을 버틴 것은 내 스스로 칭찬해 줄 만하다. 그것도 확실한 것도 아닌 짐작뿐인 능력만 믿고 말이다. 아무튼 그렇게 삼 개월 수련 끝에 알아낸 문신의 효능은 두 가지였다.

오감, 아니, 육감이 뛰어나다는 것이다. 그리고 백호 문신의 효과가 그것 뿐만은 아니다. 가장 중요한 변화였고 경찰이 되겠다는 결심을 하게 된 계기가 있었다. 바로 무병장수할 만한 건강하고 튼튼한 육체를 지니게 되었다는 점이다.

재미있는 사실은 내 피부 밑을 뭔가가 흐르고 있다는 것이다. 딱히 물질이라고는 생각할 수 없는 이유는 전혀 위화감을 느끼지 못한다는 점에서다.

그저 내 피부와 살 사이에 알 수 없는 것이 있다는 느낌일 뿐이다. 우연한 기회에 이를 알게 되었고, 그 덕에 조금은 백호 문신의 신비를 풀 수 있었다.

산중 생활을 하던 중 밤길에 넘어져 찰과상을 입은 일이 있었다.

텐트로 돌아와 소독하기 위해 상처를 살피는데 서서히 아물어가는 모습이 눈에 확연히 보이는 것이 아닌가. 너무 놀라 소독할 생각도 못하고 멍하니 쳐다보고 있었다.

채 5분이 걸렸을까? 언제 다쳤나는 듯 상처가 흔적도 없이 사라졌다. 이런 괴현상을 자연스럽게 받아들일 사람은 없을 것이다. 당연히 나 역시 원인에 대해 고민했고, 백호 문신 때문이라는 잠정적인 결론을 내렸다.

그 후에 조금 더 심한 부상을 입었을 때 확실히 알 수 있었다. 산에서 굴러 바위에 정강이를 부딪친 일이 있었다. 이번에는 긁힌 정도가 아니라 살이 깊숙이 파여 뼈가 보일 정도였다. 통증이 심했지만 기회라는 생각에 천천히 몸의 변화를 살폈다.

처음에는 상처 주위의 피부 밑이 근질근질했다. 그리고 곧 무언가 상처를 향해 스멀스멀 움직였다. 그러나 그때도 별다른 이상이나 위화감은 전혀 없었다. 그 느낌은 뜨겁기도 하고 시원하기도 했다.

그 기운이 도달하자 상처가 화끈거리며 소독약을 부었을 때처럼 부글부글 끓었다. 그리고 서서히 새살이 돋아나 완전히 치료되었다는 것을 알 수 있었다. 상처가 치료되자 그 기운은 몸속으로 흡수되듯이 사라졌다.

일련의 일로 인해 내가 자연 치유 능력이 있다는 사실과 그 능력이 문신에서 기인한다는 사실을 확신할 수 있었다. 하지만 그 이상의 실험을 할 수는 없었다. 내 몸에 자해를 할 만큼 절실하지는 않았다.

하나 한 가지 미루어 짐작할 수 있는 일은 그 능력이 목숨까지 지켜주지는 않는다는 사실이다. 그렇게 나는 두 가지 능력을 확인하고 산에서 내려와 경찰 시험공부를 했다.

아! 너무 잡설이 길었다. 새벽 공기는 언제나 상쾌하다. 이른 시간이라 싸가지없는 불량 청소년도 보이지 않아 기분 좋은 아침 운동이다. 약수터에 다다랐을 쯤에 해가 완전히 모습을 나타냈다.

벌컥벌컥.

"카~!"

콜라로 깎인 위를 약수가 치료해 주는 것 같았다.

"총각, 일찍 나왔네? 내가 제일 먼저 온 줄 알았는데……."

할머니 한 분이 첫 번째로 약수를 뜨지 못한 것이 아쉽다는 듯 말을 걸어왔다. 약수통을 받아 들며 물었다.

"매일 이렇게 일찍 오세요?"

"늙으면 잠이 없어."

"할머니, 못된 학생들 때문에 그런지 사람이 없네요?"

"맞아. 이전보다 사람이 많이 줄었어. 이젠 젊은 사람들은 안 와. 나같이 늙은이들이나 일찍 다녀가지."

"할머니도 다른 데로 다니세요, 흉한 꼴 보지 마시고."

애들이 잘못한다고 훈계하는 어른은 이제 없다. 그것도 상대가 사람이어야 통하지 개, 돼지보다 못한 놈들은 위아래도 없다. 잘못 훈계했다간 애새끼들에게 다구리 당하기 십상이다. 그래서 한두 번 놈들에게 흉한 꼴 당한 사람은 다시는 상대하지 않는다.

다구리로 달려드는 놈들을 한 대 때리기라도 하면 꼭 부모라는 것들이 쫓아온다. 그 나물에 그 밥이라고, 그런 애새끼 부모는 한술 더 뜬다. 쯧쯧! 지 새끼가 어떻게 하고 다니는지 정말로 알기나 알고 그러는지.

피해자가 바로 가해자가 되어 미성년 학대에 폭행죄로 쇠고랑 찬다. 애새끼들은 병원에 누워 돈다발을 세고 있고. 훈계 한번 잘못한 죄로 합의금 깨지고 콩밥 먹어봐라, 훈계할 마음이 드는지.

훈계 안 하는 어른들 욕할 필요는 없다. 다 그런 새끼 낳고도 미역국 처먹은 부모 잘못이다. 가끔 그런 경우를 보면 속에서 열불이 치민다.

나?

난 뒤지지 않을 정도로 패놓고 도망간다. 이 산에서도 불구된 놈 몇 있다. 근무복을 입고 있을 때는 그런 일 없다. 사복 입고 그런 일을 당하면 혼을 빼놓고 반쯤 죽여 놓는다.

난 심하다고 생각하지 않는다. 될 성싶은 나무는 떡잎부터 알 수 있다고 했고 세 살 버릇 여든까지 간다고 했다.

놈이 자라나서 선행을 베풀 확률은 0.01%도 안 된다. 그 반면에 악행을 저지를 확률은 99.99%다. 난 경찰이니까 정의 사회 구현을 위해서 악의 씨앗을 자른다는 생각이다.

그런 놈을 계도하는 것이 경찰이라고는 하지 마라. 정말 그렇게 생각한다면 당신은 바보 아니면 세상을 너무 모르는 거다.

옳다고 생각한다면 왜 도망가냐고?

하아! 생각해 봐라. 경찰이라는 게 알려져 봐라. 민중의 지팡이가 어쩌고저쩌고 1면은 몰라도 사회면 톱에는 실린다. 내가 그런 놈들 때문에 3년 공부해서 합격한 경찰 옷을 벗어야겠냐? 난 그렇게 못한다. 패고 도망가면 속 편하다.

졸졸졸,

"할머니, 여기 있어요. 조심해서 내려가세요."

"고마워, 총각."

할머니에게 약수통을 건네고 조금 넓은 장소로 가 몸을 풀었다. 그때쯤 되니 하나둘 노인들이 올라오는 모습이 보였다.

바스락!

'아! 이놈의 육감!'

분명 올라오는 사람들도 있었고, 산행에 흔히 들리는 풀 밟히는 소리다. 그런데 내 귀에는 천둥소리처럼 들리며 등골이 서늘해졌다. 싸한 느낌은 약수터에서 10여 미터 떨어진 으슥한 곳이었다.

내 직감은 아침 운동하러 온 등산객이 아니라고 하고 있다. 그렇다고 이른 새벽에 불량학생이 있을 리도 없다. 이 시간에 돌아다니면 불량 학생도 아니다. 모범생이지.

'아! 탈영병?'

탈영병이 떠오른 건 당연한 일이다.

이곳은 구파발 검문소에서 10킬로도 떨어지지 않았다. 검문소를 빠져나왔다면 충분히 이곳에 나타날 수도 있다.

'에이! 씨발! 총 들었다고 했는데……'

난 총이 두렵다. 한 번 맞아봤기 때문에 더 두렵다. 총에 맞으면 아픈 정도가 아니다. 될 수 있으면 안 맞는 게 좋다는 걸 세상 누구보다 확실하게 안다.

그러나 몰랐으면 몰라도 탈영병이 있을 수도 있는데 모른 체할 수는 없다. 왜냐면 난 국민의 안녕과 평안을 책임진 경찰이다. 그것도 초일류 스페셜 모범 경찰이다.

‘권총이라도 있었으면······.’

하다못해 가스총, 아니, 새총이라도 있었으면 했다. 그런데 지금 내 복장은 트레이닝복에 운동화 차림이다.

‘아냐. 멧돼지나 다른 인기척일 수도 있어.’

그렇게 생각하면서도 주위를 살펴 짱돌을 하나 집었다. 내 직감은 맹렬히 탈영병이라고 속삭이고 있었다. 애써 소리 난 곳을 외면하며 서서히 발걸음을 옮겼다.

‘새끼, 무턱대고 쏘지는 않겠지?’

나랑 원수진 일도 없는데 총질부터 하진 않을 것이다. 하지만 난 무턱대고 공격할 생각이다.

소리 난 곳까지 5미터나 남았을까? 난 두 팔을 쳐들고 숨쉬기 운동을 했다.

“아! 공기 좋다!”

하면서 슬쩍 목표물을 확인했다. 개구리복 맞다.

‘저것도 위장복이라고. 쯧쯧!’

주위의 풀과는 확연히 다르다. 높이 쳐든 손을 잽싸게 휘둘렀다. 물론 짱돌을 든 손을 말이다. 내 손을 떠난 짱돌은 놈의 면상을 향해 쏜살같이 날아갔다.

휙. 쌔애액! 빡!

“윽!”

털썩.

타타타!

“큭!”

허벅지가 불에 덴 듯했다. 하지만 내 몸은 벌써 놈을 덮치고 있었다.

펙. 펙. 퍼버벅!

놈이 이미 기절한 줄도 모르고 놈의 몸에 올라타 정신없이 두들겨 팼다.

“꺄아아아악!”

“으허헉!”

총소리에 놀란 노인네들이 비명을 질렀다. 그 소리에 정신을 차려 놈을 보니 거품을 물고 있었다. 놈의 손에서 총을 빼앗고 상의를 벗어 놈의 손을 묶었다.

“제가 경찰입니다! 범인을 잡았으니 걱정 마세요! 누가 경찰에 신고하세요!”

신고 안 해도 곧 경찰이 올 것이다. 조용한 새벽에 총성은 멀리 퍼져 나간다. 그렇지 않아도 탈영병 때문에 비상이 걸려 있을 텐데 총성은 그들에게도 반가운 일이다.

“할아버지! 할머니! 누구 끈 가진 것 좀 없어요?”

확실히 오래 산 경륜이 있는 것일까. 범인을 잡았다는 소리에 노인들의 소란은 곧 멈췄다.

“젊은이, 여기……. 어! 이 피 좀 봐! 누구 약 가진 것 있습니까?”

할아버지 한 분이 끈을 가져와 건네다 내 다리의 상처를 보고 사람들에게 도움을 청한다. 할아버지, 고맙긴 한데 새벽 약수터에 누가 약을 들고 와.

'아!'

화끈거리는 허벅지는 걸레가 되어 있었다. 놈이 쓰러지면서 방아쇠를 당겨 그중 한 발이 허벅지를 스친 것 같다. 힐끗 보니 허벅지 살이 한 근은 떨어져 나간 듯 앙상해졌다.

퍽!

기절한 놈의 면상을 한 대 갈겼다. 정말 백사를 먹든지 해야지. 이 피와 살덩이를 언제 복구하냐.

부욱, 찌이익.

러닝셔츠를 찢어 상처를 꼭 싸매 지혈했다. 아! 빈혈이 오는 것 같다. 놈을 똑바로 눕히고 깔고 앉았다.

뒤적뒤적.

놈의 상의 주머니가 불룩해 열어보니 담배와 라이터가 나왔다. 그 이름도 친근한 88라이트. 한 개비 꺼내 불을 붙였다.

척, 화륵.

"후우~!"

놈의 얼굴에 연기를 뿜어내도 놈은 깨어나지 않는다.

'어! 머리가 깨졌나?

피를 흘리고 있다. 얼른 코에 손을 대봤다.

'휴우! 다행이다. 죽진 않았다. 이거 머리 깨졌다고 시말서 쓰는 거 아닌지 모르겠네.'

범인에게도 인권이 있어 가혹 행위로 오히려 처벌받을 수 있다. 그래도 군바리라 안심이 된다. 우리나라는 범인은 인권이 있어도 군바리에게는 인권이 없다.

명찰을 보니 안상수라고 적혀 있다. 계급은 하사가 맞다. 처음에 상병이라고 하더니 김 경장의 말대로 하사가 맞았다.

'아! 근데 경찰은 왜 안 오지?'

이러다 놈이 잘못되기라도 하면 큰일이다. 잊지 않았겠지, 우리 집에서 파출소까지 5분 거리라는 것을. 또 집에서 약수터까지는 10분 정도다. 벌써 30분은 지난 것 같은데 아직도 안 온다.

뭐, 이해는 간다. 오늘 야간 근무조는 김 경장인데 '가늘고 길게'가 모토 아닌가. 아마 산 밑에서 수방사 애들 오는 것 기다리고 있을 것이다.

'에휴!'

내가 깨워서 데려가는 게 빠를 것 같다.

찰싹찰싹.

"야, 안상수 하사! 일어나, 새꺄?"

"으음! 으으윽!"

놈이 아픈지 인상을 쓴다.

"가만있어, 새꺄! 총 맞은 놈도 있는데 엄살은. 일어나!"

놈이 일어날 생각은 않고 버둥거리기만 한다.

'아! 손이 뒤로 묶였지!'

"꿍차!"

탄창을 제거해 바지 주머니에 넣고 총을 어깨에 멨다. 그러고 나서 놈을 일으켜 세웠다.

"안상수 하사, 넌 무장 탈영으로 체포된 거야. 변호사를 선임할 권리가 있고 불리한 진술은 거부할 수 있어. 할 수 있으면 말이야. 자, 천천히 걸어."

절뚝절뚝.

놈이 아니고 내 걸음걸이다. 놈은 아무 말도 없이 묵묵히 걷고 있다. 뭔가 인생을 포기한 듯한 포스가 느껴진다. 뭐, 살인 용의자에 무장 탈영이면 남은 인생 꿀꿀해지는 것은 확실하다.

난 미성년이라도 지은 죄가 있으면 달게 받아야 한다고 생각하는 사람이다. 그런데 군인, 그것도 직업 군인이라면 훌륭한 성인이다. 안타깝거나 불쌍한 생각은 전혀 들지 않는다. 자기 인생은 자기가 책임져야 한다.

아! 그런데 이번에는 치료되려면 오래 걸리겠다. 자연 치유 능력이 있지만 바로 치료되는 것은 아니다. 상처의 경중에 따라 다르지만 지금 정도면 하루 이틀은 걸려야 완치된다.

안상수 하사를 데리고 내려가면서 모여서 웅성거리고 있는 노인들에게 부탁했다.

"할아버지, 파출소까지 같이 가주세요. 애 머리가 깨져 잘못하면 제가 독박 써요. 목격하신 분은 같이 가서 진술 좀 해

주세요."

"내가 가지!"

"나도 감세!"

두세 분의 노인이 흔쾌히 뒤를 따랐다. 확실히 젊은 사람과는 다르다. 젊은 사람들은 귀찮고 혹시 자신에게 피해가 갈까 봐 망설이거나 거절한다. 아무튼 내게는 목격자가 노인이라 다행이다.

산을 반쯤 내려왔을 때 웅성거리는 소리가 들렸다. 긴장하고 있을 김 경장을 안심시키기 위해 크게 소리쳤다.

"무장 탈영병 잡았습니다! 무장 해제했으니 그냥 올라와요!"

역시 군인들이 먼저 올라와 안 하사를 인계받았다. 그들 뒤로 김 경장과 야간 근무조의 모습이 보였다. 나는 신분이 확인되자 곧바로 병원으로 후송되었다.

하지만 병원에 오래 있을 수는 없다. 응급처치를 받고 만류하는 의사를 뒤로하고 퇴원했다. 내 몸의 비밀이 알려지면 동물원의 원숭이가 될 것이 분명했다. 그런 번거로운 일은 절대 사절이다.

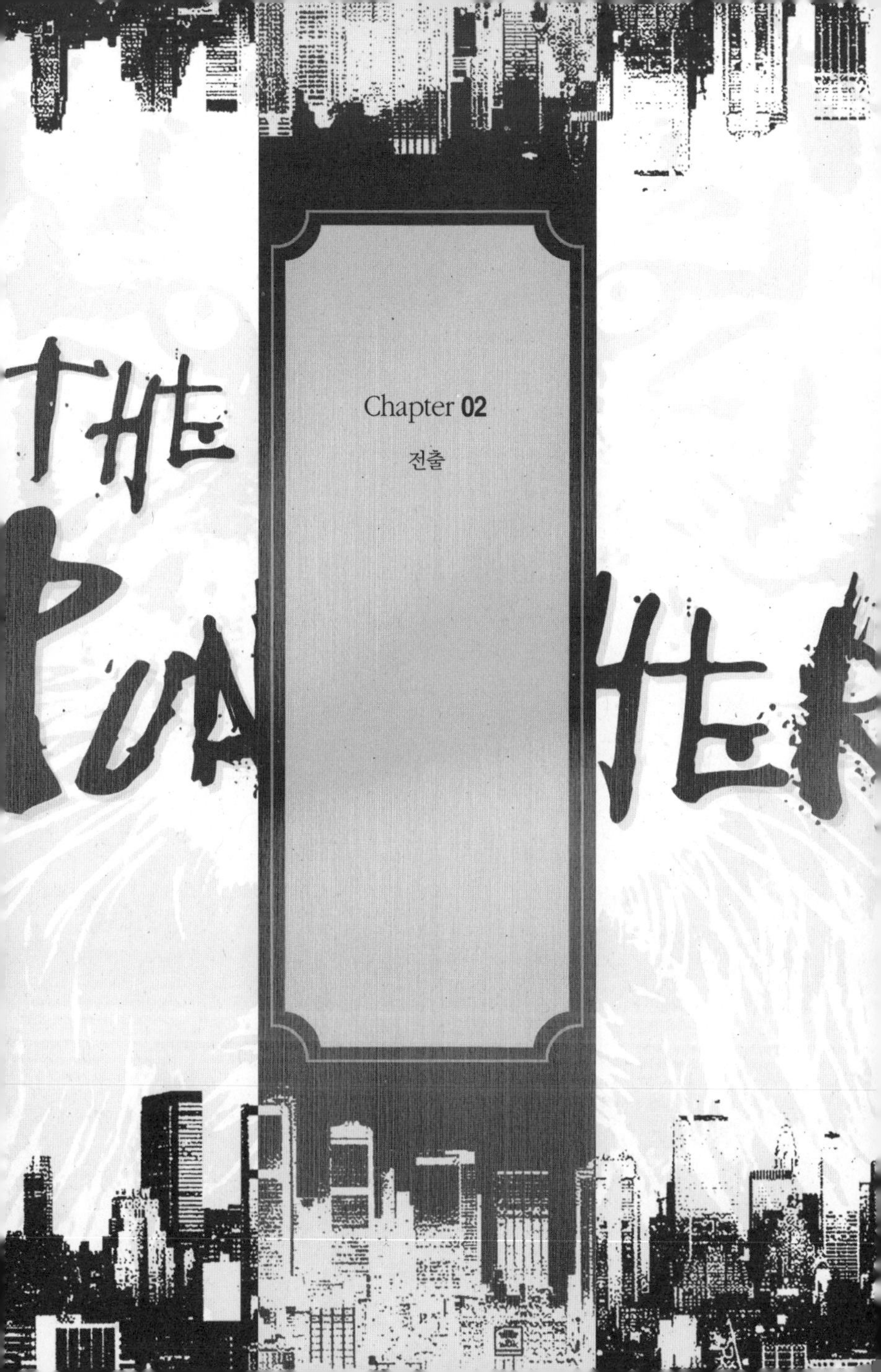
THE
PUNISHER
Chapter 02
전출

소장이 집에서 요양하다 전출 가라고 해서 근무에서 빠져 집에서 쉬었다. 생각대로 하루 만에 허벅지의 상처는 나았다. 그래도 돌아다닐 수는 없어 붕대를 감은 채 방구석에서 뒹굴었다.

"대갑이 있냐?"

"들어오세요."

삐꺽.

김 경장이다. 그런데 빈손이다.

"아, 병문안 오는 사람이 빈손으로 와요?"

"흐흐흐, 좀 어때?"

"괜찮아요. 근데 지금 근무 시간 아네요?"

"새끼, 순찰 중이야. 근데 넌 무슨 생각으로 총 든 놈한테 덤볐냐?"

"나도 몰라요. 그때 잠깐 제정신이 아니었을 거예요."

"야, 조심해! 강력계 가서도 그러면 1년 안에 시체 된다. 니 몸은 니가 챙겨야 해."

김 경장의 말이 옳다. 다쳐 봐야 나만 손해다. 나야 회복 능력이 있어 죽을 정도만 아니면 된다. 그러나 이런 능력을 가진 자는 나뿐이다.

군에서 죽는 것과 경찰로 순직하는 것. 보상금의 차이는 조금 있지만 개 값은 개 값이다.

"근데 순찰 중에 웬일이세요? 내가 걱정돼서 온 건 아닐 테고."

"한번 봐!"

툭.

김 경장이 멋쩍게 씩 웃으며 들고 있던 신문을 내게 던졌다.

"뭔데요?"

"거기 말고 사회면 한번 봐."

펄럭펄럭.

"어! 나네?"

사회면에 병실에 누워 있는 내 사진이 실려 있다. 맨몸으로 무장 탈영병을 상대한 용감한 경찰이라는 짧은 기사와 함께 말이다. 신기한 생각에 신문 기사를 몇 번이고 읽었다.

펙!

뒤통수에 둔중한 충격이 왔다. 이 사람 환자를 팬다. 아는 처지에 법대로 하자고 할 수도 없고…….

"새끼, 전출 가기 전에 한턱내라. 너 알지? 신문에 실릴 정도면 한 계급 특진이야. 근데 넌 진급한 지 얼마 안 돼 특진은 없을 것 같아. 그래서 호봉 조절에 다음 승진 심사에서 가산점 준다는 것 같더라."

"아! 나 아직 환자라고요."

뒤통수를 어루만지며 김 경장을 보자 그는 아랑곳하지 않고 음흉한 미소를 지으며 묻는다.

"대갑아, 그건 그렇고, 우리 처제 어떻든? 마음에 드냐? 미대 출신이라 니가 좀 꿀리기는 해도 싹싹하고 괜찮은 애다."

"친구 하기로 했어요."

"친구? 흐흐흐, 그래, 친구가 오빠되고 오빠가 여보되는 거지, 뭐. 잘해봐라!"

"아! 알았어요."

뭐 구태여 사실대로 알려줄 필요는 없다. 최소한 나는 입싼 놈은 아니다.

"근데 이거 언제 찍었어요?"

"모르지. 사진 보면 알잖아. 너 자빠져 자고 있을 때네."

"아니, 기자들이 어떻게 알고 찍었냐고요?"

"인마, 무장 탈영병이 서울로 진입할지도 모르는데 기자들이 가만있겠냐?"

"참! 걔는 어떻게 됐어요?"

"누구? 아, 탈영병? 모르지, 뭐. 원래 군바리들이 지들 실수 감추는 데 뭐 있잖아."

군바리뿐만의 문제가 아니다. 어떻게 된 게 세금으로 월급 받는 인간들은 실수를 인정하지 않는다. 그중에서도 군대, 경찰, 검찰이 최고 복마전이다. 그 안에 있는 사람들 아니고서는 제대로 된 정보를 알 수 없다.

김 경장의 말에 안 하사에 대한 생각은 접었다. 어쨌든 죗값은 치를 것이다. 그보다는 신문에 실린 기사가 아무리 봐도 신기했다.

'쩝! 이왕이면 인터뷰도 하지.'

"그런데 용케 기사는 실렸네."

"새끼, 전출 갈 때까지 야간조 근무하며 뺑이 칠 줄 알았는데 운은 좋네. 이사는 언제 하냐? 근데 너 이사할 돈은 있냐?"

"차암 빨리도 물어보네. 일요일 날 옮길 거예요. 왜, 모자라면 빌려주게요?"

"짜식, 내가 돈이 어딨냐? 한 달에 용돈 삼만 원 받고 산다. 이왕이면 강남으로 가지 그랬냐? 그쪽이 벌이가 될 텐데……."

"있는 돈 탈탈 긁어서 간신히 원룸 오피스텔 전세 하나 얻었어요. 그 돈 가지고 강남 가선 월세도 못 살아요."

"뭐, 알아보니까 그쪽도 천호동이 있어 꽤 짭짤하다더라."

농담으로 강남에서 형사 하면서 집 하나 못 사면 바보라는 소리가 있다. 사실인지 아닌지는 모르지만 전혀 근거없는 얘기는 아니다. 바닥이 크면 먹을 것도 많기 때문이니까.

하지만 난 돈에 관해서는 별로 아쉽지 않다. 지금도 내 통장에는 돈이 차곡차곡 쌓이고 있다.

확실한 건수 하나 잡았냐고?

파출소 순경한테 바랄 걸 바라라. 그게 아니라 내게 대박을 안겨줄 투자 건이 있기 때문이다. 내가 한국 사정은 잘 몰라도 일본 사정은 빠삭하다. 무슨 소린지는 나중에 자세히 알려주겠다.

아무튼 내가 일본에 있을 때의 일이다. 이 당시에 투자해 재미를 본 IT기업이 있다.

하나는 일본 최대의 귀족주인 어휴 저팬으로 재일교포가 사장이다.

어휴 저팬의 주식(株式)은 액면가 5만 엔인데 97년 장외 등록하며 당일 200만 엔을 기록하게 된다. 그리고 십 년이 조금 지나서 한 주(株)에 6천만 엔에 이르는 황제주(皇帝株)가 된다.

나는 덕유산에서 내려와 지니고 있던 500만 엔 중 환전하지 않은 400만 엔을 전부 투자해 5주(株)를 샀다.

아! 당일 상장가가 80만 엔이다. 총 발행주가 7천 주도 안 되어 구할 수도 없다. 직원들에게 액면가로 다섯 주까지 스톡옵션으로 돌아간 것을 산 것이다. 흐흐, 당시 내게 판 놈을 찾는 것은 어려운 일이 아니고 놈은 팔아야만 할 이유가 있었다.

어쨌든 스톡옵션이라 당장은 현찰이 안 되어도 2년 후에는 팔 수도 있다. 그리고 앞으로 10년 정도는 안정된 성장을 하게 된다. 가지고 있어도 좋고 팔아도 좋았다.

나는 주식에 대해서는 잘 모른다. 그러나 내가 일본에 있는 동안 어휴 저팬과 또 한 곳의 이야기는 워낙 유명해 모를 수가 없었다.

또 지위가 올라가면 이런 쪽의 투자를 제의받기도 한다. 그때의 기억을 떠올려 투자하기에 실패할 수 없는 투자다.

또 다른 한 곳은 라이프도어라는 곳으로 마찬가지로 97년 상장된다.

그러나 이곳은 조금 더 시간이 지나야 폭발적인 성장을 하게 된다. 하지만 2006년 상장 폐지되어 그전에 처분해야 한다.

그래서 나는 2년 후에 어휴 저팬 주를 팔아 라이프도어에 투자할 계획이다. 물론 그 안에 돈을 모을 수 있다면 구태여 팔지 않고 투자할 수도 있다. 그리고 또 하나, 곧 몰아닥칠

IMF사태로 인해 환율이 곧 배로 뛰어오른다.

많은 자본이 있다면 대박 칠 기회가 많지만 내겐 그 정도의 돈도 없고 필요하지도 않다. 사람답게 살기 위해서 필요한 만큼 있으면 된다. 그런데 그 돈이 생각보다 크다.

인생은 돈이 전부는 아니다. 그렇다고 돈을 무시할 수는 없다. 막말로 돈 없으면 대통령 시켜줘도 제대로 할 수 없다. 나도 내가 살고 싶은 대로 살려면 어느 정도 돈은 있어야 한다. 그렇다고 경찰인 내가 비리에 빠져 허우적거릴 수는 없는 일 아닌가.

다른 사람? 미쳤냐?

절대 동업이나 남 좋은 일은 안 한다. 욕심은 욕심을 부르고 그 끝은 비참할 뿐이다. 난 그저 내가 필요한 만큼만 먹고 떨어질 생각이다.

내가 강동구로 이사 가는 이유는 그곳이 내가 살던 곳이기 때문이다. 그동안 사정상 그곳에 가는 것을 최대한 피했다. 그러나 경찰이 된 지금은 거리낄 이유가 없다.

경찰이 된 후 나는 부모님이 물려주신 유일한 재산인 집을 처분했다. 명일동 산자락의 단독주택이지만 개발 붐에 집값이 올랐다. 하지만 큰 집이 아니라 큰돈을 손에 쥐지는 못했다. 그래도 이것저것 떼고 나서도 3억이 넘는 돈이 통장에 들어 있다.

그중에 거금 5천만 원을 투자해 천호동의 신축 오피스텔을 얻고 애마를 구입하는 데 사용했다. 사실 김 경장에게는 전세를 얻었다고 했지만 1년 치의 월세를 미리 내는 조건으로 싸게 월세로 들어가는 것이다.

1년 안에 IMF사태로 인해 부동산 가치도 곤두박질하게 된다. 그때 가서 전세를 얻든지 작은 아파트라도 살 생각이다. 그래서 나머지 2억 5천만 원은 엔으로 바꿔 저금해 놓았다. 그 돈은 곧 1년 안에 두 배로 뛰게 될 것이었다.

그렇게 되면 5억 이상의 자금이 생긴다. 그걸 라이프도어에 투자하면 3년 정도면 100억에 가까운 돈을 만들 수 있다. 그 정도면 돈 때문에 하고 싶은 일을 못하지는 않을 것이다.

또 정 필요하면 앞으로 개발될 곳의 땅을 사놓으면 된다. 욕심만 부리지 않는다면 나와 미래의 내 가족이 충분히 먹고 살 만큼의 돈은 만들 수 있다는 뜻이다. 그러나 사람이 돈을 목적으로 달려갔을 때 그 말로는 비참하다.

안다, 인간의 욕심이 끝이 없다는 것은. 하지만 죽었다 살아나 봐라. 욕망이나 욕심 따위 다 부질없다는 것을 알게 된다. 난 그저 죽을 때 후회없이 죽고 싶다. 그러기 위해서는 남의 눈에 피눈물 나게 하는 일은 절대 하고 싶지 않다.

강동서 가까이에 얻을 수도 있지만 화장실과 처갓집은 멀리 떨어질수록 좋다고 했다. 멀면 불편한 것이 직장이지만 너무 가까워도 좋지 않다. 직장도 처갓집처럼 적당한 거리가 좋다는 생각이다.

*   *   *

"아저씨, 조심해요. 그거 깨지는 겁니다."

"예, 죄송합니다."

"이쪽으로 놔주세요."

세 명의 이삿짐센터 직원이 한 시간도 안 되어 짐을 다 날랐다. 혼자 사는 몸이라 별로 짐이 없다. 새로 지은 오피스텔이라 아직 시멘트 냄새가 나는 듯하다. 그래도 깨끗해 마음에 들었다.

싱글이라면 내 기분 잘 알 수 있을 거다. 혼자 살수록 깨끗한 걸 좋아한다. 그런데 청소나 정리가 생각보다 어려운 일이다. 성격이 깔끔한 사람이라면 잘하겠지만 나 같은 놈은 어림 반 푼도 없다.

그래서 일단 깨끗한 곳, 새것, 신상품을 찾게 된다. 이 오피스텔도 한두 달 후면 돼지우리로 변하겠지만 일단 지금은 깨끗해서 기분 좋다. 흐흐흐.

"어디 가서 그렇게 일하지 마쇼."

"예, 죄송합니다, 형사님. 그럼 저흰 가보겠습니다."

내가 경찰이란 것을 알고 난 뒤 이삿짐센터의 직원들이 자기 일처럼 열심히 한다. 진작 그랬으면 짜장면이라도 한 그릇씩 돌렸다. 인간성 좋은 내가 초코파이 하나, 박카스 한 병 돌리지 않았다.

자식들이 내가 경찰이라는 것을 알기 전에는 이런 태도가 아니었다. 잠시 관리실에 다녀왔더니 가관이 아니었다. 버젓이 유리 조심이라고 쓰여 있는 짐을 던지지 않나, 짐짝을 깔고 앉아 담배를 피우는 놈도 있었다.

내가 뭐라고 하자 성질까지 내는 놈도 있었다. 좋게 내가 경찰인데 당신네 회사에 전화한다고 하니까 그제야 손이 발이 되게 빌고 할 일을 한 거다. 뭐 나도 기분 좋은 날 짜증낼 필요 없다고 생각해 그만뒀다. 덕분에 난 혼자 짜장면 먹게 생겼다.

대충 잠자리만 정리해 놓고 늦은 점심을 먹으러 집을 나섰다. 집 주위 구경도 할 겸 식당을 찾으며 천천히 걷는데 전화가 왔다.

띠리리리리.

얼떨결에 친구가 된 은영이다.

"어, 왜?"

—너 여자 전화 받는 매너가 그게 뭐냐? 그럼 장가가기 힘들다?

"됐네. 전화 왜 했는데?"

—호호호! 대갑아, 이사 다 했어?

"야, 이 계집애야! 친구라는 게 와서 걸레질이라도 하지 달랑 전화질이냐?"

―호호, 애는. 말하지. 지금이라도 갈까?

여우같은 계집애. 터진 입이라고 말은 잘한다. 그러나 난 내 마누라가 될 여자 아니면 집에 들이지 않을 생각이다.

"됐네. 이사 다 끝났어. 그런데 왜?"

―호호, 잘됐다, 애. 왜는, 이사하느라고 고생했는데 누나가 맛있는 거 사주려고 그러지. 여기 천호동 먹자거리거든. 나와.

"고기 사주면 가고."

―그래. 여기 유명한 보쌈집 있어. 보쌈 먹자.

"알았어. 금방 갈게."

밥값 굳고 고기까지 얻어먹을 건수는 절대 거절하지 않는다. 오랜만에 보쌈에 소주 한잔하고 일찍 잠이나 자야겠다. 내일 형사로는 첫 출근인데 술 냄새 팍팍 풍길 수는 없다. 뭐든 첫인상은 중요한 거다.

"어디? 할매보쌈?"

―그래. 금방 갈 테니 들어가서 기다려. 먼저 먹고 싶은 거 시켜놔. 쟁반국수도 하나 시켜놔.

계집애가 먼저 와서 기다리지 못하고 짜증나게 부려 먹는다. 에이! 인간성 좋은 내가 이해해야지.

여자가 대문 한번 나서려면 기본 한 시간이다. 은영은 직업의 특수성으로 더 걸리면 걸렸지 덜 걸리지는 않을 거다.

은영이 알려준 집은 쉽게 찾을 수 있었다. 아직 이른 시간

임에도 손님이 많고 넓은 것으로 보아 꽤 유명한 집인 것 같다.

"아줌마, 보쌈 대(大)자 하나, 소주 한 병이요. 아! 쟁반국수도 하나 줘요."

분식을 별로 즐기지 않아 은영이가 부탁한 걸 빼놓을 뻔했다. 돈 내는 사람 열받게 하고 싶지는 않다. 그런데 이 집 장사 잘된다. 1, 2층으로 이루어졌는데 벌써 반 이상이 찼다. 이 시간에 이 정도면 저녁 시간에는 자리가 없을 것 같다.

'흠! 돈 되겠네!'

물론 맛은 좋을 거다. 그런데 이런 집이 결코 오래가진 못한다. 장사는 더 잘 될 수 있어도 이상한 말이지만 맛이 떨어진다. 체인화되고 대형화되면서 십중팔구 처음의 맛은 사라지고 유명세만 남게 된다. 원래 돈이 개입되면 맛은 떨어지게 되어 있다.

쪼르륵.

우걱우걱, 꿀꺽.

"카~!"

역시 남의 살은 혼자 먹어도 맛있다. 반병쯤 마셨을 때 은영이가 들어왔다. 그런데 혼자가 아니다.

'헉! 미인이다.'

나를 발견한 은영이 손을 흔들며 부른다.

"대갑아!"

‘기집애, 쪽팔리게.’

홀에 있는 남자들의 시선이 전부 은영이와 함께 온 여자들에게 향했다. 은영이는 이십대 초반의 쭉쭉 빵빵 미녀 두 명과 함께였다.

또각또각. 털썩.

“야, 한대갑. 넌 사람이 부르면 아는 척을 해야지……. 어머! 애 좀 봐? 얼굴이 빨개졌네? 호호호! 왜, 맘에 드냐?”

“언니, 그만해요, 사람 민망하게.”

“안녕하세요?”

아! 목소리도 좋다. 향긋한 향수 냄새가 돼지고기의 잡냄새를 날려주는 것 같다.

“어! 반갑습니다. 앉으세요.”

퍽.

“어쭈구리? 난 아는 척도 안 하네?”

은영이 등짝을 치며 내 옆에 앉았다. 자연히 두 명은 맞은편에 앉았다.

‘계집애, 저쪽에 앉지.’

“왔냐? 근데 누구야?”

“야! 말을 할 땐 얼굴을 보고 해, 얼굴을 보고.”

몰라서 묻는 건 아니다. 그래도 혹시 실수할까 봐 확인하는 차원이다. 20살 초반의 옅은 화장에 은은한 향수, 세련된 세미 정장 차림.

딱 출근 전에 손님 만나러 가는 나가요 스타일이다. 그런데 둘 다 내 타입이다. 은영이가 내 청춘을 책임져 준다고 했는데…….

'쩝! 하나씩 데리고 나오면 좀 좋아! 쌍으로 불러 사람 고민 들어가게 하네.'

은영을 보며 빨리 소개하라고 눈짓했다. 은영이는 어이없다는 듯 고개를 내저으며 말했다.

"참나, 더럽고 치사해서. 내 동생들, 수정이하고 보라. 너희도 인사해. 아까 언니가 말한 짭새 친구."

"짭새는… 한대갑입니다."

"수정이에요."

"보라예요."

"아줌마, 여기요!"

일단 아줌마부터 부르고 둘에게 물었다.

"뭐 드실래요? 소주? 맥주? 아, 음료수가 낫겠다."

"호호, 아녜요. 맥주로 할게요. 한잔 정도는 괜찮아요."

얘가 젤 마음에 든다.

'수정이라고 했나?'

음식이 목적인 사람은 나밖에 없어 맥주만 주문했다. 일단 한 잔씩 따라 건배를 했다.

"자, 건배!"

"대갑이의 이사를 축하하며!"

쨍!

꿀꺽. 턱.

소주 한 잔을 털어 넣고 은영을 쳐다보았다.

"동생들 예쁘지? 얘들 말고 셋이 더 있어. 시간되는 대로 전부 소개해 줄게."

'헉! 이런 미인이 다섯 명이나!'

은영의 몸에서 형광등 100개짜리 아우라가 뻗어 나온다. 친하게 지내야 되겠다는 열망이 끓어오른다.

'그런데 은영아, 도대체 내게 뭘 빨아먹을 게 있다고 이러는 거냐? 혹시 내 비밀이라도 알고 있는 거냐?'

하지만 아무도 모르는 비밀을 은영이 알 리가 없다. 그러나 도무지 두 아가씨를 데리고 나온 진의를 알 수 없었다.

열심히 쟁반국수를 비비고 있는 은영이를 물끄러미 쳐다봤다.

'정말 내 청춘을 책임져 줄 생각인가? 내가 너무 애를 의심하는 건가?

조금 미안한 생각이 들기도 했다.

그래도 은영이를 무시하면 안 된다. 비록 나이는 어려도 산전수전에 공중전까지 겪었을 거다.

'그래, 일단 즐기자. 미인을 앞에 두고 언제까지 고민만 하고 있을 거냐?

쪼르륵.

"오빠, 한 잔하세요."

"어! 그, 그래. 같이 한 잔하면 좋겠는데 나중에 한잔하자."

술을 따라주는 수정의 손이 가늘고 희다.

"그럼 오늘 우리 가게 갈래?"

'이 개념없는 년! 내일이 첫 출근인데 오늘 룸살롱에서 술 퍼먹으라고? 그리고 술값은 누가 내는데?

"야, 내일이 첫 출근이야."

"그게 뭔 상관이야, 출근해서 사우나나 갈 거면서."

"이그, 내가 그 짬밥이 되냐?"

"하긴 첫날부터 그럴 수는 없겠다. 그럼 내일 전화해라. 니네 반 사람들이랑 2차로 와."

"너 경찰 월급 얼만지 알기나 하냐?"

"니들이 언제 돈 내고 처먹었니? 양아치나 니들이나 다른 게 뭔데?"

'어! 얘가 갑자기 웬 현학적 사고를.'

하지만 난 파출소에 있으면서 공짜로 술 먹은 적 없다. 그러니 떳떳하다.

"난 안 그래."

피식.

"처음엔 다 그러더라, 그러던 새끼들이 조금 지나면 더한다니까. 특히 너같이 여자 밝히는 놈은 열이면 열 다 그래."

"내가 무슨 여잘 밝힌다고? 잘 알지도 못하면서."

"하! 니 얼굴에 쓰여 있어. 내 동생들 보고 반짝이는 눈은 뭔데?"

"하하, 그거야 니 동생들이 눈이 번쩍 뜨이는 미인이니까 그렇지. 그게 내 탓이야? 예쁜 동생들이 잘못이지. 그쵸? 수정 씨, 보라 씨?"

"호호호! 고마워요, 오빠. 내일 같이 오세요."

'아! 애들이 진짜! 협공으로 나오네.'

미인한테 잘 보이고 싶은 건 나만 그런 거 아니다. 모든 남자가 다 그렇다. 다시 고민 들어가는데 구원의 목소리가 들려왔다.

"내가 민 반장한테 전화해 놓을 테니 모르는 척 따라와."

"민 반장?"

"그래. 강력 2반 민 반장."

"누군데?"

"니 직속상관. 몰랐어?"

'하! 출근도 안 했는데 어떻게 아냐? 그런데 그걸 얘는 어떻게 알지?'

이거 문제다, 그런 1급 비밀 사항을 술집 마담이 알고 있다는 건.

"니 손님이야?"

"손님은 무슨, 개새끼지. 넌 그렇게는 되지 마라. 사람이 더러우면 추잡하진 말아야지. 에이! 야, 나도 소주 한잔 따라봐."

은영은 말하다 말고 열 받는지 수정에게 소주잔을 내민다.

쪼르륵.

"야, 너 영업 전에 술 마셔도 돼?"

은영이 피식 웃으며 술잔을 털어 넣고 말한다.

"크! 더 얘기해 봐야 내 입만 더러워질 것 같으니 그 새끼 얘기는 그만하자. 아무튼 너도 고생 좀 할 거다."

"그래, 언니. 그 새끼 생각만 해도 재수없어."

수정이까지 거드는 걸 보아 많이 구린 인간인 것 같다. 아무래도 꽃피는 직장 생활은 물 건너간 것 같다.

화기애애한 직장 분위기는 상관이 절반 이상 좌우한다. 그런데 이런 냄새나는 인간은 부하에게도 마찬가지다.

'에효! 파출소에서는 상관 복이 있었는데……'

"야, 인상 펴고 술이나 마셔. 남자가 소심하게……"

내 안색이 어두워졌는지 은영이 한마디 한다. 지가 아무 소리 안 했으면 내가 왜 그러겠냐? 병 주고 약 주는 것도 아니고 말이야. 나는 바로 인상 풀고 세 미녀와 시시덕거리며 먹고 마셨다.

그러나 은영 일행과 헤어져 집으로 돌아오는 길은 개운하지 않았다. 고기로 배 채우고 미인도 소개받고 다 좋은데 내 앞날에 먹구름이 몰려오고 있는 기분이다.

'뭐, 정 못 보겠으면 진지하게 얘기해 봐야지. 씨발, 옷 벗으면 그만 아냐?'

상사들이 가장 조심해야 할 인간이 나 같은 부류다. 직장에 목매지 않는 인간은 언제 어떻게 튈지 모르기 때문이다.

먹고살 돈 있지, 부양할 가족 없지, 더구나 공명심마저 없는 나다. 나 같은 놈 잘못 건드리면 더러운 꼴 보게 되는 거다.

흐흐, 이제 마음이 좀 편해졌다. 바뀐 잠자리지만 알딸딸한 술기운에 금세 잠이 들었다. 뭐, 내일은 내일의 태양이 뜨니까.

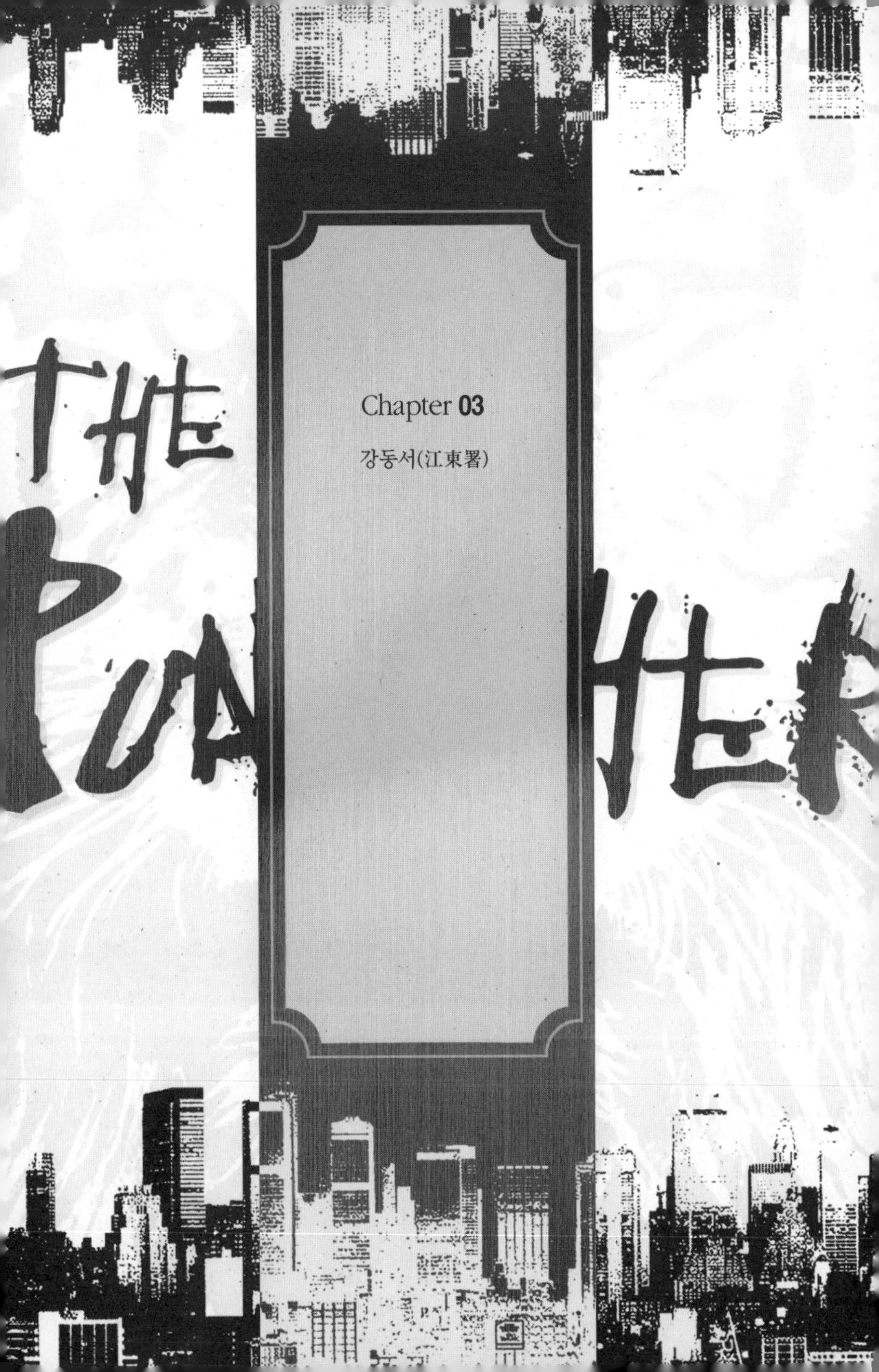
THE PUNISHER
Chapter 03
강동서(江東署)

“경장 한대갑입니다.”

“어! 자네가 무장 탈영병을 잡은 한 경장인가? 몸은 어때? 총상을 입었다고 들은 것 같은데?”

서장실에 전출 인사를 하자 서장이 몸을 살피며 물었다. 뭐, 서장에게 신고할 필요는 없지만 무장 탈영병을 잡은 것 때문에 서장이 불러 들렀다. 일단 직장 보스의 눈에 드는 것은 나쁜 일이 아니다.

“아직 완치되지는 않았습니다만 움직일 만합니다.”

“너무 무리하지는 말게. 몸으로 먹고사는 직업인데 자기 몸은 스스로 챙겨야 하네.”

"예, 감사합니다."

"그래, 앞으로 많은 활약 기대하지. 장 계장, 민 반장에게 데려다 줘."

강 서장은 흐뭇한 미소를 지으며 고개를 끄덕이곤 나와 함께 서 있는 사람에게 말했다.

내 옆에 있는 사람은 강력계장인 장 경감이다. 사십대 후반에 170 조금 넘는 키, 똥배가 나온 전형적인 아저씨다. 그래도 언뜻언뜻 내비치는 날카로운 눈초리가 만만치는 않아 보였다.

"예, 서장님. 따라오게."

장 계장을 따라간 강력계는 강동서의 1층에 있었다.

"여기가 우리 사무실이고 저 복도 따라가면 취조실과 유치장이네. 자세한 건 민 반장이 알려줄 거야."

사무실은 대략 50여 평쯤 되는 것 같았다. 일곱 개 한 조로 여섯 조의 책상이 놓여 있고 한편에는 임원 책상이 놓여 있었다. 칸막이로 가려진 곳이 있는데 그곳이 장 계장의 자리인 듯했다.

"민 반장, 이 친구가 한대갑 경장이야."

"예, 계장님."

장 계장이 사무실로 들어오자 일어서 나오던 사내가 예의 민 반장이었다. 사십대 초, 중반으로 작은 키에 튀어나온 배가 리틀 장 계장이라고 할 만큼 닮았다.

　한 가지, 민 반장은 금테 안경을 썼는데 매우 후덕해 보이는 인상이다, 길거리에서 만나면 형사라고는 전혀 짐작하지 못할 만큼.

　하지만 은영에게 들은 말이 있어 인상에 속지는 않았다. 그리고 사기꾼이나 더러운 짓하는 놈 중에 외모가 멀쩡한 인간이 많은 것도 사실이다. 그래도 선입견을 갖지 말자고 생각하며 인사했다.

　"잘 부탁드립니다. 한대갑입니다."

　"부탁은… 내가 해야지. 자, 이쪽으로 와."

　"그래, 앞으로 잘해보자고."

　툭툭.

　장 계장이 내 어깨를 가볍게 두드리고 자리로 가자 민 반장이 앞서간다. 제일 안쪽의 책상으로 가 앉는 것으로 보아 선임 반장인가 보다.

　"반원은 다 근무 중입니까?"

　"그래, 외근 중이야. 오늘 일찍 들어오라고 했으니까 저녁때쯤 볼 수 있을 거야. 거기 빈자리에 앉아."

　"예."

　빈자리에 앉으려고 하는데 민 반장이 깜박했다는 표정으로 묻는다.

　"아, 아직 장비 수령 안 했지?"

　"예."

"2층에 경무과가 있어. 거기 가서 신분증하고 장비부터 수령해 와. 천천히 서도 한 바퀴 둘러보고."

"예, 반장님. 그럼."

경무과에 들러 새로운 신분증과 장비를 수령하고 서를 한 바퀴 둘러볼 생각이다. 그전에 담배를 피울 생각으로 현관에 있는 커피 자판기 앞으로 갔다. 담배와 커피는 세트니까.

여자 중에 남자 제복을 좋아하는 사람이 있다고 하는데 여자가 제복을 입은 자태도 섹시하다. 파출소와는 달리 제복을 입은 여경의 모습을 볼 수 있어 좋다.

커피 한 잔을 빼 들고 지나가는 여경의 모습을 잠시 흐뭇한 눈길로 쳐다보고 있었다.

"저……."

"예?"

누군가 부르는 소리에 뒤돌아보니 젊은 여성이 난처한 얼굴로 나를 쳐다보고 있다. 내 또래로 보이는데 사복을 입었다.

'민원인인가?

난 친절한 경찰이니까. 꼭 괜찮은 여자라서가 절대 아니다.

"아, 여기 있습니다."

나는 얼른 100원짜리 동전 두 개를 그녀에게 건넸다. 1,000원짜리 지폐가 자판기에 들어가지 않아 나에게 도움을 청하고 있었기 때문이다.

"고맙습니다."

"아, 별말씀을."

그녀가 고개를 숙이자 나도 가볍게 고개 숙여 인사하고 담배를 피우려 밖으로 나가려 했다. 난 돈 200원에 뭔가를 기대할 정도로 치사하지는 않다.

그러나 또 그녀가 나를 부른다.

"저, 혹시……."

"예? 왜 그러십니까?"

"혹시… 무장 탈영병을 잡은 한대갑 순경 아니세요?"

'아! 나 첫날부터 너무 인기 좋은 거 아냐? 이놈의 인기는.'

가는 데마다 여자가 꼬이니 앞으로 이 도화살(桃花殺)을 다 어떻게 감당해야 할지 걱정이다. 재빨리 그녀의 아래위를 훑었다.

'흐음!'

청바지에 티셔츠 차림의 편한 옷을 입었지만 상당한 미모다.

"어? 절 아세요?"

"아! 맞구나. 신문에서 봤어요. 이곳에 근무하세요?"

'이런. 미디어의 효과란……. 벌써 내 팬이 생길 정도란 말인가!'

"예, 오늘부터 근무하게 됐습니다."

"그래요? 저도 이제 한 달 됐는데……. 아무튼 반가워요."

"어디 근무하시는데요?"

"아! 미안해요. 먼저 내 소개부터 했어야 하는데……. 전한 순경님 기사가 실린 신문사 사회부 기자로 있어요. 이제한 달밖에 안 된 수습기자지만……."

'기자? 에이, 김새게.'

그런데 확실히 병아리는 병아린가 보다. 자신을 소개할 땐먼저 이름을 말해야지.

'니 이름이 뭐냐?'

"근데 성함이……?"

"아, 안지연이라고 해요. 잘 부탁합니다."

얼굴을 붉히며 꾸벅 인사를 한다. 기자들 다 발랑 까졌다는소릴 들었는데 앤 병아리라 그런지 순진하다.

"저… 담배를 피우려고 하는데 괜찮으면 가보겠습니다."

"같이 가요. 저도 한 대 피우려고 했어요."

현관 밖에 화단이 있어 그 턱에 앉았다. 지연이도 냉큼 내옆에 커다란 엉덩이를 붙이고 앉았다. 담배를 권했더니 망설이지 않고 한 개비를 꺼내 든다. 라이터를 꺼내 불을 붙여주고 나도 불을 붙이며 물었다.

착, 화륵.

"그런데 여긴 무슨 일로……?"

"사회부 기자가 무슨 일로 왔겠어요. 여기저기 기웃거리는 게 제 일이에요. 근데 한 순경님은 어디서 근무하세요?”

“저 경장입니다. 이번에 이곳 강력계로 전출 왔습니다.”

“어머! 미안해요. 이번 일로 승진하셨어요?”

“쩝! 제가 승진 운은 없나 봅니다. 특진 건수라고 하는데
승진한 지 일주일도 안 돼서 호봉만 올랐습니다.”

“호호호! 그래도 그게 어디에요. 그리고 다음번 승진 심사
에 틀림없이 반영될 거예요.”

화장기 없는 얼굴로 환하게 웃는 지연은 아름다웠다. 담배
는 다 피웠지만 조금 더 같이 있고 싶었다.

“하하, 상관없습니다. 5호봉이나 오른 게 어딥니까?”

“맞아요, 기본급 차이가 얼만데.”

“사회부는 여자가 하기에 좀 거칠지 않습니까?”

“마찬가지예요. 그리고 좋아서 하는 건데요. 힘은 들어도
아직은 견딜 만해요. 그런데 한 경장님은 무척 젊어 보이네
요? 죄송하지만 지금 나이가 몇이에요?”

‘허어! 이 여자가?’

초면에 남자의 나이를 묻는 건 실례란 말이다.

“스물다섯입니다. 지연 씨는?”

“호호, 전 스물넷이에요. 취업 재수해서 올해 입사했어요.
한 경장님, 우리 친하게 지내요. 예?”

‘흐흐, 요즘 따라 왜 이렇게 친하게 지내자는 여자가 많
지?’

다 내가 잘난 탓이다.

애도 인물도 빠지지 않고 직업도 괜찮은데 친하게 지내야겠다. 그리고 애는 얼굴만 예쁜 게 아니라 머리까지 좋다는 얘기다. 주위에 이런 애 한 명 있는 것도 나쁘지 않다. 또 기자라면 서로 주고받을 수 있는 것도 있을 것이다.

요즘 신문사 기자 되기가 하늘의 별 따기라고 한다. 오죽하면 언론고시라고 하겠는가. 워낙 모집 인원은 적고 응시자는 많아 웬만한 실력으로는 꿈도 못 꾼다. 지금은 고생될 테지만 수습 딱지 떼고 이삼 년 지나면 애도 힘주고 다닐 거다.

"그럽시다. 전화번호 어떻게 돼요?"

부스럭.

"여기 명함."

"전 아직 명함 안 나와서 지연 씨께 전화 걸겠습니다."

그녀의 전화번호를 눌렀다.

띠리리리리.

"예, 들어왔어요."

지연은 그 자리에서 내 번호를 등록했다. 벌써 한 살 차이 친구 있는데 하나 더 있으면 어떠랴 하는 생각이다.

"그냥 우리 친구 합시다."

"예? 좋아요."

지연이 볼을 붉히며 수줍은 표정으로 대답한다.

'얘, 정신 차려. 말 그대로 친구야, 친구. 흐흐, 키잡이라고

하던가? 어서 무럭무럭 자라서 훌륭한 기자가 돼라.'

들은 얘기지만 기자와 형사는 악어와 악어새의 관계라고 한다. 그쪽으로 인맥을 만들어두는 것도 사는 데 도움이 될 것이다.

남자는 모름지기 인맥(人脈).

얼굴로 먹고사는 거다.

"언제 술이라도 한잔하자. 난 그만 들어가 봐야 할 것 같아."

"예. 아, 그래. 자주 보자."

은영이도 그렇고 지연이도 괜찮은 애들 같다. 그런데 가슴이 떨리지는 않는다.

난 남녀 사이는 떨림이 가장 중요하다고 생각한다. 떨림이 없는 사이는 사랑으로 발전할 수 없다는 생각이다.

사무실로 돌아와 민 반장에게 강력계 생활에 대한 전반적인 충고를 들었다. 은영이가 허튼소리를 하진 않았을 것이다. 그러나 나는 대화를 나누며 최대한 선입견을 배제하고 민 반장을 보려 노력했다.

민 반장은 내게 이렇게 말했다.

"수사는 팀워크야, 팀워크."

"한 형사는 경험이 없어서 이해가 가지 않는 부분이 있을 수도 있어. 하지만 나만 믿고 시키는 대로만 하면 돼."

"당장 눈앞의 피라미를 잡느라고 대어를 놓치는 실수를 해서는 안 돼."

"경찰이란 말이야, 소명감이 없으면 할 수 없는 일이야. 월급은 적은데 일은 고되지, 게다가 위험하기까지 하니 말이야."

"일에는 선후가 있어. 계획적이지 못하면 전부 망칠 수도 있어."

"왜, 너무 맑은 물에는 고기가 살지 못한다는 말도 있지?"

듣기에는 그럴듯하고 자상한 말인 것 같다. 그런데 완전히 선입견을 배제하지 못해서인가 어째 어감이 이상하다. 특히 마지막 말은 의미심장했다.

민 반장은 심심했는지 점심 식사 후에도 한참 나를 잡고 떠들었다. 나는 일단은 겸손한 자세로 경청했다.

이제 막 전입 와서 동서남북도 모르는데 무슨 할 말이 있겠는가.

어떤 조직이든 인간관계로 시작하고 끝난다. 어느 정도 상사는 부하 하기 나름이다. 내 입맛에 딱 맞출 수는 없어도 비슷하게 만들 수는 있다. 그리고 만드는 재미도 꽤 쏠쏠하다.

안 되면?

호호호. 그럼 똥 밟았다고 생각해라.

물론 그게 안 되는 경우는 자식새끼 생각해서 참고 다니든지 일찍 관두고 딴 일 찾아봐야 한다. 하지만 세상에 내 입에 맞는 상사가 몇이나 되겠는가. 대충 다 그렇게 산다.

일단 난 민 반장에 대한 섣부른 판단은 유보하기로 했다. 세상에서 가장 확실한 건 내가 직접 보고 겪은 일밖에는 없다.

"오늘 약속 있나?"

"예? 아니, 없습니다."

"술은 좀 하나?"

"예, 합니다."

"오랜만에 새로 충원됐는데 한잔해야지. 끝나고 간단하게 반원들과 식사라도 하지?"

"예, 알겠습니다."

'회식 빨리 챙기는 것으로 보아 나쁘지는 않은데…….'

술을 즐기지 않는 사람이나 여성은 회식이 너무 많아도 부담 간다. 하지만 신입에게는 회식만큼 빨리 친해지는 방법도 없다. 그리고 술자리인만큼 긴장이 풀어져 상대를 파악하기도 쉽다. 그런 반면 실수하기도 쉬워 나는 긴장의 끈을 늦추면 안 된다.

"다녀왔습니다."

"수고하셨습니다."

"어! 신참인가 봐?"

"예, 1반에 새로 온 한대갑 경장입니다."

오후 5시가 지나자 외근 나갔던 사람들이 하나둘 돌아왔다. 멀뚱히 있기도 뭐해서 일어나 인사했다. 웃는 얼굴에 침 못 뱉는다고, 한 20여 번 인사 못하겠는가. 어차피 나이로 보면 강력계에서 내가 막내이기 쉬웠다.

이 사람들, 시간은 칼같이 지키는 것 같다. 30분도 안 돼 특별한 사람을 제외하고는 사무실로 다 복귀했다.

'뭐, 근처에 있다가 시간 맞춰서 들어왔겠지.'

한 30분 정리하며 버티다 퇴근할 생각일 것이다.

우리 1반도 빈자리가 다 채워졌다. 형사들이 깡패보다 더 깡패 같다는 소리가 있다. 우리 반원들도 옷차림이나 덩치, 스타일로 보면 꼭 맞춤 건달이다.

민 반장이 자기 앞쪽부터 소개시켰다.

"이쪽부터 소개하지. 제일 고참 김 경사, 그리고 이 경장, 홍 경장. 이쪽은 박 경사, 전 경장. 나이나 승진 연도로 보나 한 경장이 막내야. 인사들 해."

"예, 오늘부터 1반에 근무하게 된 한대갑 경장입니다. 잘 부탁합니다."

"오, 신입이야?"

"잘 부탁해."

"열심히 해."

반원들이 모두 한마디씩 한다. 난 그저 씨익 웃으며 허리만 숙였다. 대충 모두 삼십대 초, 중반으로 보인다. 뭐, 그보다 어릴 수도 있겠지만 최소한 나보다는 위로 보여 부담은 없다.

"특별한 일 없지? 오늘은 신입도 왔으니 대충 끝내고 나가
자고. 어디가 좋을까?"

민 반장이 자리에서 일어서 외투를 집어 들며 김 경사에게
물었다.

"예, 반장님. 그럼 갈매기살이나 먹죠? 저번에 갔던 데 괜
찮던데."

"그러지. 이제 두 대로 가야겠네? 한 형사는 내 차 타고 나
머지는 김 경사가 데려와."

"예, 반장님."

"자, 뭣들 해? 어서 가자고."

"예."

'내가 너무 민감한가?'

아직 민 반장에게서 이렇다 할 문제점을 발견하지 못했다.
민 반장의 차도 무난한 국산 중형차다. 어쨌든 우리는 두 대
에 나누어 타고 환영 회식을 위해 갈매기살집을 향해 출발했
다.

*　*　*

일행이 도착한 곳은 천호동의 먹자골목 안에 연륜이 있어
보이는 조그만 가게다. 개인적으로 난 이런 곳이 좋다. 요즘
맛집 붐이 일고 있는데 소문난 잔치 먹을 것 없다는 말이 딱

맞다.

내겐 음식점을 선택하는 몇 가지 팁이 있다. 첫째는 전문성으로 여러 가지 메뉴를 갖춘 곳보다는 단일 메뉴로 승부하는 곳이 실패할 확률이 적다.

둘째는 얼마나 오래했느냐다. 단일 메뉴로 한 곳에서 오래 장사했다면 최소한 기본 이상은 한다.

세 번째는 체인점을 가급적 피하는 것이다. 체인점의 이점이라고는 저렴한 가격밖에 없는데 요즘은 그 차이도 거의 없다.

그리고 마지막으로 가게의 주인이다. 하나를 보면 열을 알 수 있다고 했다. 주인을 보면 식당의 청결 상태, 종업원의 서비스 등은 미루어 짐작할 수 있다.

그런 점에서 볼 때 이 집은 일단 전문성과 연륜을 겸비한 곳이라 마음에 들었다.

드르륵.

와글와글, 시끌벅적.

"아이고! 민 반장님, 어서 오십시오. 어서 이리로."

"장사 잘되네요, 사장님."

오는 길에 예약을 해두었는지 주인으로 보이는 오십대의 사내가 반갑게 맞아줬다. 20여 평의 넓지 않은 홀이지만 거의 빈 좌석이 없었다.

그래도 주인은 한쪽 구석에 우리를 위해 자리를 마련해 두었다.

 '흐음! 이 사람들과 3년 이상을 같이해야 한단 말이지.'

 3년마다 순환 근무를 한다는 규칙이 있지만 거의 지켜지지 않는다. 아마도 특별한 일이 없다면 오랜 생활 같이할 동료들이다. 하루라도 빨리 적응하려면 이들의 성격을 파악해야 한다. 신입인 나는 당분간 아무 색깔 없이 지켜보는 것이 좋다.

 젊은 사람이 자주 실수하는 일 중의 하나가 튀어 보이려고 하는 것이다.

 하지만 그러지 마라. 모난 돌이 정 맞는다. 직장 상사와 동료는 아무도 너의 성공을 진심으로 원하지 않는다. 자신들의 자리를 위협한다고 생각 들면 언제든 칼을 빼 들 사람들이다.

 아! 그들이 인정하는 것이 있다. 화려한 스펙과 튼튼한 줄이 있다면 그래도 된다. 그게 아니라면 항상 적당한 거리를 둬라. 괜히 사회를 정글이라고 표현하는 것이 아니다.

 우리 일행은 주인이 마련해 준 자리에 앉았다. 나는 김 경사와 민 반장 사이에 앉았다.

 "갈매기 열 개, 항정살 다섯 개, 맥주하고 소주 줘요."

 김 경사가 회계 담당인 듯 알아서 주문한다. 김 경사는 사십대 초반으로 보이는데 크지 않은 체구지만 단단해 보이는 사람이다. 주문을 하고는 멀뚱히 있는 내게 말을 걸었다.

 "구파발 파출소에 있었다고?"

 "예."

“무장 탈영병 잡았다며?”

“어쩌다 보니…….”

맞은편에 앉은 이 경장이 눈이 동그래져 묻는다. 전 경장과 이 경장은 삼십대 초반으로 덩치가 있다. 이 두 사람이 가장 형사답게 생겼다. 아마 형사가 안 됐으면 조폭이 되었을 것 같은 인상이다.

“어! 니가 무장 탈영병 잡은 거야?”

“예.”

“혼자?”

“예.”

“야, 대단한데. 무술이라도 했어?”

‘그래, 검도 좀 했다. 사시미 18기라고 아냐? 이 사람, 별것도 아닌 걸 가지고 곤란하게 자꾸 물어?’

“아뇨. 운이 좋았습니다.”

“그래? 조심해라. 총이나 칼 든 애들한테 함부로 덤벼들지 마.”

“예.”

이 경장의 당부가 끝나자 그 옆에 있던 홍 경장이 궁금한 얼굴로 물었다.

“한 형사는 왜 경찰이 됐어?”

“예?”

“경찰이 된 이유가 뭐냐고.”

홍 경장이 다시 한 번 묻자 반원들이 모두 흥미로운 시선으로 나를 쳐다본다.

'아! 이 사람들이 정말……'

나를 가지고 놀려는 생각이다.

'이 사람들아, 나도 산전수전, 공중전까지 다 겪은 놈이야.'

쩝! 하지만 이들 눈에 보이는 나는 이게 겨우 스물다섯 살의 신참이니 원하는 말을 해줘야지 어쩌겠냐. 상사가 놀자고 하는데 놀아줘야지 잘난 체할 필요없다.

"예! 정의로운 사회 구현을 위해섭니다!"

나는 일부러 기합이 바짝 들어간 목소리로 대답했다. 홀 안의 손님들이 큰 소리에 얼굴을 찡그리며 우리를 쳐다본다. 그러나 건장한 사내 일곱이 정희사회 구현을 외치는데 시비 걸 강심장은 없다.

일행의 얼굴이 그러면 그렇지 하는 표정으로 웃음이 감돈다. 내가 정답을 말한 것 같다.

형사들이 낄낄대며 한마디씩 한다.

"흐흐, 정의 사회 구현."

"좋지, 좋아!"

"그럼 한 형사를 믿어보자고."

눈치 빠른 주인이 술을 가지고 오며 손님들 들으라는 듯이 조금 큰 소리로 말한다. 그제야 손님들의 얼굴이 퍼지며 시선을 돌린다.

"오늘 강력계 회식입니까?"

"아, 우리 반 신입 회식."

"하하, 그래요? 서비스 좀 내오겠습니다, 민 반장님."

"뭘 그런 것까지……."

나도 주는 서비스는 받아먹자는 주의다. 민 반장도 그런지 별다른 말이 없다. 다른 형사들도 당연하다는 얼굴이다. 이런 건 오고가는 인정이지 부정, 오염과는 관계없다.

"자, 한 형사부터 한잔 받아. 소주? 맥주?"

"예, 전 소주로 하겠습니다."

쪼르륵, 쪼르륵.

"자, 그럼 한 형사의 정의 사회 구현을 위해 건배!"

"건배!"

쨍.

꿀꺽. 꼴깍. 턱.

경찰은 정의 사회 구현이란 말을 싫어한다. 말로 해서 되는 것도 아닐뿐더러 저 말로 인해 등골이 빠지기 때문이다. 저런 말 안 써도 경찰들은 묵묵히 노력하고 있다.

정의 사회 구현은 언론에서 경찰들 까기 위해 부지런히 써먹는 말이다.

'처음 저 말을 뱉은 대통령은 말뜻이나 알고 썼을까?

뭐, 군바리 대통령이 제대로 알 리가 없다. 군은 사회와 단어 개념이 많이 다르니까.

우스갯소리로 전라도에서는 머시기와 거시기로 대화가 가능하다고 한다. 그런데 군에서는 모든 대화가 안보 하나면 끝이다. 얼마나 간결한가.

아무튼 때 맞춰 들어온 술과 고기로 잠시 대화는 중단되었다. 이 사람들, 상당히 본능에 충실한 사람들이다. 그리고 아무리 중요한 얘기라도 먹을 때는 하는 게 아니다. 먹을 때는 부지런히 젓가락질만 하는 거다.

그래도 나는 틈틈이 빈 잔에 술을 따랐다. 고기라면 나도 환장하지만 할 일은 한다. 또 갈매기살은 조금만 부주의해도 홀랑 타버린다.

그래서 나는 바빴다.

빈 잔에 술 따르랴, 철판 위의 고기 뒤집으랴.

지글지글.

쩝쩝, 우걱우걱.

꿀꺽.

"사장님, 여기 갈매기 5인분, 황정살 5인분하고 술 좀 더!"

고기가 바닥을 보이자 김 경사가 얼른 추가 주문한다.

'휴우! 덩칫값들 하네!'

그래도 어느 정도 허기는 가셨는지 젓가락질 속도가 많이 느려졌다.

"간단하게 마시고 한잔 더 하자고."

"어디 가시게요?"

민 반장의 말에 김 경사가 물었다.

"오랜만에 이원에나 들를까?"

"이원이요? 흐흐, 반장님이 쏘시게요?"

김 경사가 음흉한 미소를 지으며 묻자 민 반장이 나를 부른다.

"어이, 한 형사."

"예, 반장님."

"자네 룸살롱엔 가봤나?"

'에휴! 이 사람아, 내 나이가 몇 갠데 못 가봤겠냐? 요즘은 고딩도 다닌다고 하더라. 쯧쯧! 예전에 나는 룸살롱이 사무실이었다네. 은영이가 오라고 했던 거 같은데 생색은…….'

"예? 아직……."

"하하, 그래? 백문이 불여일견이라고 했으니까 오늘 한 형사 핑계대고 한번 무리해 볼까? 형사 월급으로는 자주 갈 수 없는 곳이니 말이야. 자, 그럼 모두 간단하게 마시고 자리를 옮기도록 하지."

"예, 반장님."

이구동성(異口同聲)이란 말이 있다. 두 사람이 한목소리를 낸다는 뜻이다. 그런데 이건 이구동성이 아닌 오구동성(五口同聲)이다. 누가 같은 반 아니랄까 봐 나와 민 반장을 제외한 다섯 명이 입을 모았다.

　사실 마땅한 성인 유흥거리가 부족한 현실 때문에 룸살롱이 사랑받고 있다. 아마도 남성 위주의 사회가 지속되는 한 변하지 않을 것으로 생각된다. 형태와 이름만 조금 다를 뿐 만국 공통의 대표적 성인 유흥 장소가 룸살롱이다.

　고상한 취미를 가진 사회 지도층에서부터 평범한 직장인까지 대부분이 즐겨 찾는다. 물론 돈이 있는 사람에 한해서이다. 이 유흥은 어떤 취미 생활보다 많은 돈이 들어가기 때문이다.

　그런데 참 재미있는 점은 이곳에서는 자기 돈으로 즐기는 사람이 별로 없다는 사실이다. 하룻밤에 한 달 월급 이상이 요구되는 비싼 유흥이기 때문이다. 그래서 남의 돈으로 즐길 방법을 찾게 된다.

　이때 등장하는 것이 두 가지로, 하나는 눈먼 돈, 즉 공금(公金)이다.

　그리고 또 다른 하나는 향응(饗応), 접대다. 그리고 이것 때문에 룸살롱은 온갖 비리의 온상으로 전락하게 된다.

　그래서 우리는 직업 윤리상 이곳에 출입하기가 애매하다. 다른 공무원들도 마찬가지지만 경찰은 더욱 특별하다. 우리에게는 자기 돈 가지고도 들어가기 망설여지는 곳이 이곳이다. 물론 그렇게 여유가 있지도 않지만 말이다.

　우리가 이곳에 떳떳하게 경찰임을 밝히고 들어설 때는 딱 한 가지 경우뿐이다.

언제냐고?

흐흐. 단속할 때 말이다. 그때는 당당히 신분증을 꺼내 들고 정복을 입어도 들어갈 수 있다. 그러나 그때 말고 경찰이라는 것을 떳떳이 밝힐 수는 없다. 그런데도 서로가 알고 있다면 그건 틀림없이 뒤가 구린 놈이다. 지금 우리처럼 말이다.

은영이가 머리에 총 맞았다고 공짜로 술을 주겠는가? 걔는 절대 그럴 애가 아니다. 당장에 주고받는 이익이 아니라도 암묵적인 협상이고 교섭이다. 민 반장이 아무리 치사한 사람이라도 공짜로 먹고 나 몰라라 할 수는 없다.

왜, 서양 놈들이 하는 말 있지 않은가?

'기브 앤 테이크' 라고.

세상은 그렇게 돌아간다. 주는 만큼 받는다.

부모형제가 아닌 다음에야 모든 이치가 그렇다. 그러니 영악한 은영이가 내 핑계를 대고 민 반장을 부른 것이다.

아무튼 내가 생각에 잠겨 있는 동안 테이블의 고기는 이미 사라지고 텅 빈 접시만 남았다.

'아오! 나도 고기 좋아한다고!'

그래서 먹을 것 앞에 두고 딴생각 하면 후회한다.

쩝! 뭐, 다들 2차 생각에 새로 주문할 생각은 없는 듯하다. 그래도 아쉬워 한마디 해봤다.

"지금 가면 조금 이르지 않습니까?"

"하하, 우리 같은 사람은 일찍 가서 일직 나와 주는 게 매너야. 자, 대충 배도 채웠으니 그만 일어서지."

벌떡벌떡.

"예, 반장님!"

일제히 일어서며 또다시 터져 나오는 오구동성. 남자는 무덤에 갈 때까지 저 버릇 고치지 못한다.

흐으! 말이 좋아서 그렇지.

민 반장의 말에는 숨은 뜻이 있다. 유부남과 총각은 룸살롱에 가는 시간과 마음가짐이 다르다.

아무런 장애가 없는 총각에 비해 유부남은 클리어 해야 할 퀘스트가 한두 개가 아니다. 그중 가장 중요한 것은 두 가지로 시간과 냄새다.

유부남은 가급적 외박을 피하는 것은 물론 되도록 이른 시간에 귀가하려는 성향을 보인다. 직장에 나가 돈을 벌어오는 만큼 음주는 어느 정도 용서가 된다.

하지만 그것도 여자가 시중드는 곳이라면 문제가 다르다. 돈으로 용서받을 만큼 벌어오지 못한다면 절대 발각돼서는 안 된다.

그래서 남편들은 일찍 들어가려 한다. 대부분의 아내들은 밤 11시 이전에 들어가면 여자가 있는 곳에서 마셨다고 생각하지 않기 때문이다. 유부남이 속전속결을 좋아하는 이유가 바로 이것 때문이다.

두 번째는 냄새다.

여자의 향수냐고?

물론 그것도 중요하다. 하지만 더 중요한 것은 샴푸나 비누 냄새다. 그래서 유부남은 2차를 가도 샴푸나 비누를 사용하지 않고 샤워만 한다. 만일 사용하는 사람이라면 별거 중이거나 아내가 부재중일 경우가 틀림없다.

만일 샴푸나 비누가 집에서 사용하는 것과 같은 종류라고 안심해서는 초보자다. 여자들은 개코를 능가하는 후각과 예감이라는 발달된 육감으로 무장하고 당신을 기다릴 것이다. 결과는 뻔하다.

이런 이유로 유부남인 민 반장이 서두르는 것이고 형사들이 동조하는 것이다. 하는 모양으로 보아 한두 번 해온 일이 아니라는 것을 알 수 있다.

사실 남자가 여자 좋아하는 것만큼 여자도 남자를 밝힌다. 그래서 나는 민 반장이나 형사들을 구태여 경원하고 싶지 않다. 세상은 음양의 조화로 이루어져 있다고 생각하기 때문이다.

여자들이 화장에 공들이고 S라인을 만들기 위해 노력하는 것이 무엇 때문이라고 생각하는가? 남자가 출세하고 돈 벌려고 하는 것과 똑같은 이유다.

여기서 자기 개발을 위해서라든지 충만한 삶을 위해서라고 대답하는 자는 없으리라고 생각한다. 자식이나 어린 사람에게 똑바로 말할 수 없어 지어낸 말이다.

전쟁, 범죄, 과도한 경쟁 등이 발생하는 이유 또한 마찬가지다. 따지고 보면 세상살이 모든 것이 남자와 여자라는 성(性)이 다른 인간이 존재하기 때문이다.

만일 세상에 남자, 혹은 여자만이 존재한다고 생각해 보라.

전쟁이나 범죄 등은 사라질 것이다. 무얼 위해 전쟁을 하고 범죄를 저지르겠는가. 원인이 없으니 결과 역시 없을 수밖에.

아무튼 건장한 성인 남자가 여자를 원하는 것은 자연의 섭리이니 너무 따지지 말기로 하자.

공무원으로서 도덕적 해이가 걱정된다고?

맞는 말이지만 윗물이 맑아야 아랫물이 맑다는 말도 있다.

대통령도 하지 못하는 일을 우리에게 너무 강요하진 마라. 뭐든지 지나치지만 않으면 괜찮다는 것이 내 생각이다. 사냥개는 사냥을 시키려 기르는 것이지 집을 지키려고 기르는 것이 아니다.

경찰 또한 제복을 벗겨놓으면 평범한 사람일 뿐이다. 그들에게만 도덕적으로 완벽하기를 바라는 것은 욕심이다.

그래서는 능률도 오르지 않는다. 맑은 물에 고기가 살지 않고 환경이 인간을 지배한다고 하지 않는가?

산에 가야 범을 잡고 고기도 먹어본 놈이 잘 먹는다. 적당히 중용을 지키는 선이라면 문제될 것이 없다고 생각한다.

모든 범죄는 마음에 있는 법.

자신만 떳떳하면 그만이라는 생각이다.

어쨌든 그래서 우리는 보무도 당당하게 은영이가 기다리는 룸살롱 '이원'으로 향했다.

*　　*　　*

작은 분수로 꾸며진 입구를 지나자 민 반장의 얼굴을 아는 웨이터가 반가운 얼굴로 일행을 맞이한다. 속으로는 욕을 해도 서비스업에 종사하는 관계로 지어야 하는 영업용 표정이다.

'세상에 경찰이 반가운 사람이 얼마나 될까?

모르긴 해도 얼마 되지 않을 것이다. 하물며 유흥업에 종사하는 자 중에 그런 사람이 있기나 할까? 욕이나 하지 않으면 다행이다. 영업용 미소를 짓고 있는 웨이터도 속으로는 얼마나 욕을 하고 있을까 하는 생각에 뒤통수가 뜨끈뜨끈하다.

"어서 오십시오, 민 사장님."

"준비돼 있지? 김 마담은?"

"옙! 따라오십시오. 안내하겠습니다."

웨이터는 우리를 외진 곳으로 안내했다.

지나치며 보이는 룸이 10여 개. 작지 않은 곳이다.

어느 곳이 스페셜이 아니겠냐만 스페셜 룸이라고 적혀 있는 곳의 문을 열며 말한다.

이런 곳의 스페셜이나 VIP는 유기농, 웰빙, 무농약 야채와 비슷한 뜻이다. 고급이니까 비싸게 나와도 항의하지 말라는 얘기다.

"이곳입니다. 잠시만 기다려 주십시오."

"시간 없으니까 빨리 들여보내 줘."

"예, 민 사장님."

나는 룸 안을 둘러보며 놀라는 표정을 지었다. 그래야 사주는 사람도 기분 좋다. 그리고 사실 강남이 아닌 곳에 이 정도 시설을 해놓았을 줄은 몰랐다. 은영이가 시원찮아 보여 가게도 그런 줄 알았는데 예상 밖으로 고급스러운 분위기가 꽤 돈을 발랐다.

"어때?"

"예? 아, 좋네요!"

"그렇지. 애들도 괜찮아. 하지만 여기 아가씨에게 빠지면 안 돼. 패가망신의 지름길이야."

민 반장이 오랜만에 상사다운 표정으로 말한다.

'허어, 이 사람아! 난 왕년엔 룸살롱으로 출근을 했다네.'

그러나 속내를 말할 수 없으니 고개를 조아릴 수밖에. 나는 아직 새로운 직장에 첫 출근한 신참 형사니까 말이다.

"예, 반장님."

벌컥.

문이 열리고 성장을 한 은영이가 환한 미소를 지으며 들어왔다. 노크도 하지 않는 것으로 보아 상당히 안면이 있다는 것을 알 수 있었다. 은영이는 내게 시선도 주지 않고 민 반장 옆에 찰싹 달라붙어 앉았다.

"호호, 꼭 전화를 해야 와요? 자주 좀 들러요. 얼굴 잊어버리겠다."

"하하, 나 같은 사람이 자주 와서 좋을 게 뭐 있다고. 김 마담은 갈수록 예뻐지는 것 같아? 뭐, 좋은 일 있어?"

"어머! 호호호! 반장님은."

두 사람 노는 꼴을 보니 기가 막힌다. 어제 술자리에서 그렇게 씹어대던 민 반장에게 아양을 떠는 은영이나 점잔을 빼는 민 반장을 보니 너구리와 여우가 만나면 저러지 않을까 하는 생각이 든다.

한동안 두 사람이 실없는 대화를 나누고 나머지 일행은 멀뚱히 앉아 있었다.

"어머! 내 정신 좀 봐. 저분이 새로 오신 분?"

"그러고 보니 김 마담하고 비슷한 또래네. 잘 사귀어봐."

"호호, 그래요? 안녕하세요, 형사님. 잘 부탁해요."

"아, 예."

은영이의 속셈이 어떻든지 일단은 장단을 맞춰야지. 이 자리에서 아는 척을 할 수도 없는 일이고 말이야. 같은 반원들과의 첫 자리인만큼 풍류남아의 본색을 억눌러야겠다.

왜냐고?

신입인 주제에 처음부터 튀어 보이는 것은 좋지 않다. 왜 모난 돌이 정 맞는다는 말이 있지 않은가. 나에 대해 알려줄 기회는 앞으로도 많이 있다. 화기애애한 직장생활을 위해서도 지금은 반원들의 성격을 살피는 것이 우선이다.

아직은 누구도 섣불리 판단할 수 없다. 민 반장만 해도 타인의 말만 듣고 본질을 놓쳐서는 안 된다.

앞으로 내 꽃피는 직장생활의 명암을 좌우할 사람은 두 사람이다. 결재자이며 직속상관인 민 반장과 아직 정해지지 않은 내 파트너다. 나머지 반원들과의 관계도 잘 유지해야 하지만 이 두 사람은 가장 크고 직접적인 영향을 끼친다.

'흐음! 민 반장은…….'

아직 모르겠다. 하지만 지금까지 드러난 것만으로는 욕을 들을 만한 사람은 아니다. 나중에 인사 기록 카드라도 뒤져봐야겠다.

할 일만 열심히 하면 되지 왜 그렇게 반원들에게 신경 쓰냐고 의아해할 수도 있을 것이다.

하지만 잘 생각해 봐라.

수신제가치국평천하(修身齊家治國平天下)라는 말은 들어봤을 것이다.

내가 하는 일은 실로 중차대한 국가의 공무다. 치국(治國)

이고 평천하(平天下)라는 말이다.

그리고 나는 이미 수신(修身)은 했다. 그러니 이제 제가(齊家)를 해야 치국평천하를 할 수 있지 않겠는가. 직장 동료는 평생을 함께할 또 하나의 가족이니 어찌 신경 쓰지 않겠는가.

똑똑똑.

'아! 아가씨들이 온 모양이다.'

이제부터 나는 쓸데없는 생각은 접고 수신과 제가에 힘을 쏟아야겠다.

"안녕하세요, 오빠들."

술집에서 듣는 아가씨의 목소리는 왜 하나같이 매력적인지. 그리고 얘들은 가족이 전부 몇 명인지 하나같이 오빠란다.

밴드와 함께 들어온 일곱 명의 아가씨.

그중에는 어제 본 수정과 보라의 얼굴도 보였다.

'난 수정이가 마음에 들던데……'

은영에게 텔레파시를 마구 쏘았다.

"자, 어서 오빠들 옆으로 가. 수정아, 넌 새로 오신 한 형사님 옆으로 앉아. 한 형사님, 애가 우리 집 에이스예요. 잘 부탁해요."

"어! 그, 그래. 새로운 친구니까 잘 부탁해."

'오오!'

은영이가 그저 고스톱 쳐서 딴 마담은 아닌 모양이다. 한눈에 내 취향을 파악하다니.

'어유, 귀여운 자식.'

그런데 은영의 말에 민 반장이 거들며 나섰다. 목소리에 왠지 아쉬움이 서린 듯하다. 아마 수정이를 마음에 두고 있었나 보다. 화류계의 황제였던 나는 척 보면 안다.

'흐흐, 그래도 양보는 못하지.'

내 철칙 중의 하나가 먹을 것과 여자는 경찰청장이 상대라고 해도 절대 양보 안 한다.

사랑과 음식에는 때가 있다. 식어빠진 음식은 맛이 없고 콩깍지가 벗겨진 후의 상대 여자는 애물단지에 불과하다.

상사에게 잘 보일 일은 다른 것을 택해서 하지 난 이 두 가지만큼은 양보하지 않는다.

그러나 난 믿는 것이 있어서 상관없지만 여러분은 그러지 말아라. 먹는 것으로 의 상하고 여자는 상대를 원수로 만들 수도 있다.

아무튼 난 민 반장의 마음을 모른 척 쌩 까고 수정이와 시시덕거렸다. 미리 얘기가 돼 있었는지 함께 들어온 밴드가 반주를 시작하자 반원들은 미친 듯이 노래를 불러댔다.

'이 사람들, 쌓인 것 많나보네.'

"오빠, 우린 나가서 한잔 더하자."

"응?"

수정이 빨갛게 달아오른 얼굴로 귀에 대고 속삭였다. 향긋

한 냄새와 부드러운 숨결이 짜릿하다.

난 아가씨들에게 억지로 술을 권하지 않는다. 아니, 남자들에게도 술은 잘 권하지 않는다. 술은 기분 좋게 마시는 것이고 사람에 따라 주량이 다르기 때문이다.

그런데 오늘 난 반원들을 살피느라 파트너인 수정과 별 대화를 나누지 않았다. 그랬더니 혼자서 홀짝홀짝 마신 모양이다.

그렇다는 얘긴 수정이도 내가 싫지는 않다는 말이다. 나가요는 자기가 싫은 사람 자리에서는 한잔이라도 덜 마시려고 한다. 술 마시는 것이 직업인 사람으로서 당연한 일이다.

"왜? 싫어?"

"아, 아니. 근데 너 괜찮아?"

'호호, 싫긴, 내가 하고 싶은 말인데. 안 괜찮아도 니가 말 꺼냈으니까 책임져라.'

"호호, 나 생각해 주는 거야? 이 정도론 끄떡없어. 오빠 힘들어?"

'야, 그건 아니지. 끄떡있어야지. 혹시 술고래 아냐? 그럼 골치 아픈데……'

"아니, 나야 수정이가 술 마시자는데 힘들어도 참아야지. 그리고 나도 괜찮아."

"그럼 나 은영이 언니한테 얘기하고 올게. 오늘 일 더 안

한다고."

"그래도 돼?"

"호호, 괜찮아. 대신 오늘 나 재미있게 해줘야 해?"

"맡겨둬!"

'글쎄, 수정아, 니가 나와 같은 취미를 즐겼으면 좋겠다. <u>호호호!</u>

수정이 은영에게 허락을 받으러 간 사이 룸 안은 절정으로 치닫고 있었다. 외모에 어울리지 않는 반원들의 행동에 놀랐지만 이들이 정상이다. 질퍽거리거나 짓궂을 것이라 예상했는데 너무나 얌전했다.

이런! 내가 형사지만 난 아무래도 형사에 대해 너무 부정적으로 생각했던 것 같다. 과거에 겪은 놈들이 다 그러니 어쩔 수 없는 일이지만 겸허하게 반성했다.

'그런데 왜 은영이는 민 반장을 씹었을까?'

당연히 의아한 생각이 들었다. 아니 땐 굴뚝에 연기 나지 않는다고, 내 직속상관을 이유 없이 헐뜯었을 리 없다.

'에이! 뭐, 나중에 수정이에게 물어보지.'

이런 곳에서 골치 아픈 생각을 하고 싶지 않다. 빠르게 판단하고 생각을 접었다.

'이 사람들도 슬슬 일어날 때가 됐는데……'

시계를 힐끗 보니 9시가 넘었다. 이곳에 온 지도 두 시간이 넘었다는 얘기다. 갈 길이 바쁜 사람들이 죽치고 앉아 있지는 않을 것이다.

"자, 난 먼저 일어서 볼게. 자네들도 일찍 들어가고 내일 늦지 마!"

"예, 반장님."

"살펴 가십시오."

"저희도 곧 나가겠습니다."

'역시! 흐흐, 그러면 그렇지.'

민 반장이 파트너와 무언가 속삭이더니 자리에서 일어난다. 나를 힐끗 보고 한마디 하며 룸을 나섰다.

"한 형사도 일찍 가고. 내일 늦으면 안 돼?"

"옙! 반장님, 제가 배웅하겠습니다."

"아, 아냐. 천천히 나와."

'흐흐흐! 안다, 알아. 나도 그냥 해본 말이다.'

다른 반원이라면 말리지 않았을 테지만 난 신입이 아닌가. 아직 같이 사우나도 안 한 사이이니 가릴 건 가려야지.

'좋은 밤 보내십시오!'

그렇게 우리 반원들은 헤벌쭉한 얼굴로 뿔뿔이 헤어졌다.

나?

나야 물론 수정이와 주변에서 술 마셨다.

민 반장이 궁금하다고?

그 자식, 양아치가 맞다.

세상에 공짜로 할 게 따로 있지…….

'어떻게 그걸…….'

자세히 알면 다치니까 그냥 넘어가기로 하자. 지금도 수위
가 간당간당하다.

THE
PUNISHER
Chapter 04
휘트니스 클럽

"헥! 헥!"

뭐하는데 헉헉대냐고?

여기는 휘트니스 클럽, 그러니까 헬스클럽이다.

예전에 헬스클럽이었던 곳들이 하나둘 시설을 조금 고쳐 휘트니스 클럽이라 이름을 바꾸고 재개장을 하고 있다. 물론 회비는 전보다 엄청 더 받는다.

'도둑놈들…….'

장래가 촉망되는 형사인 나야 물론 열심히 근무 중이다. 그것도 그 고되고 힘들다는 잠복근무를 하고 있다. 더 이상은 비밀이라 지금 밝힐 수 없다.

그동안 직장 내 화합을 위해 불철주야 노력했더니 체력이
저질이 되어버렸다. 고작 러닝머신 10분 뛰고 헉헉대다니.

"야! 한대갑, 일찍 왔네? 얼마나 뛰었다고 헉헉거려?"

"헉! 헉! 어, 왔어? 아마 한 시간쯤 됐지?"

지연이가 트레이닝복을 입고 다가왔다.

늦게 배운 도둑질에 날 새는 줄 모른다고 하더니 지연이 그
렇다. 이젠 스스럼없이 이름을 부르고 말을 놓는다. 재를 볼
때마다 난 격세지감을 느끼며 녀석을 이렇게 변하게 한 세상
을 한탄한다.

처음 봤을 때의 그 순수하고 수줍어하던 지연이는 어디 갔
는지……. 그동안 몇 번 만나주고 술 상대 해줬더니 이젠 기
어오른다.

'그냥 오빠라고 부르라고 할 걸 괜히 친구 하자고 했나?'

"야, 한대갑! 눈 안 돌려?"

"어! 내가 뭘……."

"에그, 이 화상아! 신경이 온통 딴 데 가 있으니 10분 뛰고
헉헉대지!"

어? 어떻게 알았지 하는 내 시선에 머신을 가리킨다. 크! 계
기판을 잊었다.

'에그, 쪽 팔려!'

"아냐. 전력 질주했어."

지연이 경멸에 찬 시선으로 다시 계기판을 가리켰다.

'아차! 속도도 나오지. 크! 계집애, 누가 기자 아니랄까 봐 감은 좋아가지고.'

하지만 봐라.

헬스클럽, 아, 아니, 휘트니스 클럽이지.

아무튼 이곳에 오는 사람들의 목적은 뻔하다. 남자든 여자든 몸매를 자랑하거나 자랑하고 싶은 몸매로 만들고 싶어서다.

그러니 보기 좋은 몸매에도 자연히 시선이 가고 육덕진 몸매에도 시선이 간다.

그게 어디 내 잘못이냐, 이곳의 옷차림이 문제지?

도대체 얇은 티셔츠 하나로 얼마나 가릴 수 있다고 생각하냐? 턱도 없다. 차라리 안 가린 것만 못하다.

거기다 이곳은 운동하는 곳이다. 즉, 가만히 앉아 있는 곳이 아니라는 말이다. 내가 잘했다는 말은 아니지만 절대 일부러는 아니다. 단지 내가 시선을 돌리는 곳마다 여자가 있는 것이 문제였다.

하지만 내가 아무리 억울해도 여자인 지연이에게 말로 이길 수는 없다. 빨리 꼬리를 내리고 화제를 돌리는 것이 최선이다.

아! 지연이?

지연이가 나를 잠복근무하게 만든 사람이다. 지연의 제보에 따라 현장 조사 차 나왔다. 지연이도 결과가 궁금해 수사에 적극 자원하고 나섰다.

"야, 나가서 얘기하자, 할 말도 있고."

"그래?"

'쯧쯧! 니가 그래봐야 아직 어린애지. 미끼를 아주 달려와서 무는군.'

나의 도덕성을 성토하던 지연이 내 곁에 바짝 붙어 주위를 살피며 소리 죽여 묻는다. 아무튼 영화가 사람 버린다.

아무 소리 않고 앞장서 휴게실로 나왔다. 자판기에서 음료를 뽑아 건네자 지연이 눈을 반짝이며 묻는다.

"뭔데? 뭔가 알아냈어?"

"알아내긴……. 너, 여기가 확실하지?"

'얘가 생각이 있는 애야, 없는 애야?'

내가 확실히 유능한 형사기는 하지만 현장에 도착해 10분 만에 사건을 해결할 재주는 없다.

사건의 요지는 이렇다. 지연은 신문기자다. 그것도 여자의 몸으로 햇병아리 기자다.

신문사라는 곳이 신입 기자는 고되다. 밤낮이 없고 출퇴근이 없다. 그러다 보니 체력에 한계를 느낀 지연이 휘트니스 클럽에 등록을 했다.

그런데 그 클럽에서 묘한 소리를 듣게 된 것이다. 바로 트레이너 중에 아주 악질적인 인간이 있다는 소문이었다. 여성 회원을 유혹해 금전적인 손실을 입히는데 그 피해자가 다수라는 것이다.

피해자 중에는 처녀도 있고 가정 파탄에 이른 주부도 있었다. 그런데 어쩐 일인지 사건은 호지부지되고 쉬쉬하는 가운데 트레이너는 아무 일 없다는 듯 근무를 계속한다는 것이다.

우연한 기회에 소문을 접한 지연은 곧바로 내게 연락했다. 그래서 오늘 내가 이 자리에 있게 된 것이다.

오늘은 악질적인 놈의 얼굴을 확인할 생각이다. 세상에 가장 치사하고 나쁜 범죄 중 하나가 '물총 사건'이다. 물론 유부녀의 경우도 잘했다고 볼 수는 없지만 말이다.

세상이 험하고 황폐해졌지만 그래도 누군가를 좋아하는 감정이 남았기에 아직은 살 만한 세상이다. 그런데 그런 감정을 돈벌이에 이용하는 자는 나라를 팔아먹는 죄에 비견할 수 있다고 생각한다.

이런 놈들에게 천벌을 내리기 위해 경찰이 존재하는 것이다. 사실 이런 놈들에게는 무상 급식도 아깝지만 법을 지켜야 하니 아쉽지만 참을 수밖에. 특히 놈이 남자라는 사실에 더욱 분노를 금할 수 없다, 모태솔로도 흔한 세상에 어떻게 그런 짓을.

"그럼 내가 딴 클럽인데 이리로 오라고 했겠어?"

"아니, 확인하는 차원에서야. 용의자는 이곳의 트레이너인 이상득이라는 놈이라고?"

"그래. 아직 안 보이는데 곧 나올 거야."

"잘생겼냐?"

"으음, 느끼하긴 하지만 솔직히 말해 너보다는 나아."

'이런, 썅! 그건 솔직한 게 아니고 철없는 거야, 이 계집애야! 넌 선의의 거짓말, 아름다운 거짓말이라는 말도 못 들어 봤냐? 꼭 범죄자와 비교해 못생겼다고 하고 싶냐?

속내야 그렇지만 남자는 폼생폼사다. 아무리 작업 상대가 아닌 여자라도 옹졸한 모습을 보여선 안 된다. 너그러운 웃음까지 지어 보이며 대수롭지 않다는 듯 한마디 했다.

"남자든 여자든 얼굴이 문제야, 문제. 꼭 값을 한다니까."

솔직히 나는 태어나서부터 잘생겼다는 소리는 한 번도 들어보지 못했다. 아니, 듣기는 했는데 앞에 '남자답게' 라는 수식어가 붙는다.

그 말의 뜻이 '얼굴에 신경 쓰지 말고 열심히 살아라' 라는 것은 어른이 되어서 깨달았다.

하지만 세상의 남자다운 사내들이여, 절망하지 마라! 젊었을 때는 조금 상대적 빈곤을 느끼겠지만 나이가 들면 여성의 취향도 변한다. 성숙한 여성은 자상하고 유머러스하고 존경할 수 있는 사람을 선택한다.

그러나 그렇다고 안심하지도 마라.

남자가 좋아하는 여성상의 말머리에 항상 '예쁘고' 라는 단어가 존재하듯 여성도 '돈 있고' 라는 단어를 붙인다는 사실을 염두에 둬라. 그렇지 않으면 모태에서 무덤까지 솔로를 벗어나기 어렵다.

지연은 내 말에 피식 실소를 흘리며 다시 물었다.

"어떻게 할 거야?"

"뭘?"

"이상득이를 어떻게 잡을 거냐고."

"아, 일단 사실부터 확인해야지. 우선 피해자를 알아내서 사실을 들어보고……. 그런데 아마 쉽게 만나주지 않을 거야. 단순히 성폭행이라면 친고죄기 때문에 피해자가 고발하지 않는 이상 어쩔 수 없어. 그러니까 먼저 금전적인 피해를 입은 사람을 찾아야 해. 그건 사기로 몰아갈 수도 있거든. 하지만 그것도 쉽지 않을 거야. 처녀보다는 유부녀이기 쉬우니까 쉬쉬하기 쉬워. 성범죄를 다루는 건 생각보다 까다로워."

진지한 표정으로 말하자 지연의 표정도 심각해졌다. 그러더니 불쑥 말을 꺼냈다.

"흐음! 그럼… 내가 한번 나서볼까?"

"니가?"

지연은 수사에 참여한다는 데서 흥분을 느끼는지 조금 상기된 표정이다. 시답지 않다는 내 어조에 자존심이 상하는지 고개를 쳐들고 쏘아붙인다.

"너 우리나라 경찰 이미지가 어떤지 알아? 피해자가 경찰이라고 하면 만나주겠냐? 거기다 넌 남자잖아. 아무래도 내가 먼저 만나보는 게 낫지 않겠어?"

안다, 알아. 경찰 이미지 더러운 거. 근데 그게 어디 내 탓이냐? 그래도 나처럼 의기있는 젊은 경찰이 있어 그나마 유지되고 있는 거다.

'가만, 그러고 보니 얘 말에도 일리가 있네.'

사실 여성 문제는 여자 경찰관이 담당해 주는 것이 바람직하다. 이런 미묘한 범죄는 조사 과정에서 자칫하면 참고인에게 수치심을 줄 수도 있기 때문이다. 그러나 여성 경찰관의 절대적인 부족이라는 현실 앞에 인권은 무시당하는 상황이다.

"너, 할 수 있겠어?"

"이래 봬도 나도 기자야. 그 정도는 할 수 있어."

스스로 자신감을 보이며 나서는 것을 말릴 정도로 나는 모질지 못하다. 나로서는 손해 볼 일도 아니고 말이다.

"너 그럼 일단 경찰이 개입했다는 것은 알리지 마. 너도 알겠지만 물총 사건은 신고가 없으면 조사할 수 없어. 먼저 정확한 사건의 정황을 파악하는 게 중요하고 그다음에 설득해야 해. 니가 피해자를 만날 동안 난 이상득을 조사하지."

"좋아, 나한테 맡겨."

"한번 믿어보지. 실수하면 다음에 안 끼워준다? 알았지?"

"호호호, 걱정 마."

뭐, 지연이도 헛수고만 하는 것은 아니다. 잘되면 사회면 독점 기사 아닌가?

그것도 수사의 시작부터 검거까지의 적나라한 심층 기획 기사.

신문사에서 안 실어주면 주간지에 넘겨도 돈이 되는 기사다.

*   *   *

지연이 휘트니스 클럽에 있기로 해서 난 철수했다. 같이 있어봐야 눈치만 보이고 우선 이상득의 신원 조사부터 할 생각이다.

그리고 클럽의 사장에 대해서도 알아봐야 할 것 같다. 문제 있는 강사를 계속 쓴다는 것은 특별한 관계라고 보아야 할 것이다.

제발 그 정도 선에서 끝났으면 한다. 줄줄이 타고 올라가 국회의원이라도 나오면 골치 아프다.

'흐흐, 이상득이라……. 이 새끼, 넌 죽었어!'

나도 사람이라 내가 싫어하는 유형의 범죄를 만나면 불타오른다. 이상득은 내 레이더에 걸린 운명을 탓해야 할 것이다.

'놈! 그러기에 남자는 세 끝을 조심해야지.'

손끝, 혀끝, 그리고 거기다. 사실로 드러나면 내 마음 같아선 최소한 거세형이다. 합의로 나오는 일은 절대 없을 것이라는 것을 은영이를 걸고 약속한다.

왜 은영이냐고?

세상일은 함부로 단정 지어선 안 된다. 그리고 약속을 했으면 지켜야 한다. 그래서 버려도 별 타격이 없는 것을 걸었을 뿐이다.

그래? 난 원래 이런 놈이다. 많은 것을 바라지 마라.

*　　*　　*

사무실로 돌아와 이상득에 대한 신원 조회를 했다. 주민등록과 지문이 있는 우리나라는 경찰의 천국이다. 책상에 앉아 자판만 두드리면 주욱 뜬다. 사실 경찰 본연의 업무에만 매진한다면 '범죄없는 마을' 이 아니라 '범죄없는 국가' 도 꿈만은 아니다.

하지만 위에서부터 시커먼 뗏물을 들이부으니 아래라고 온전하겠는가? 더 말해봐야 범죄에 시달리는 국민 속만 쓰리니 그만하자.

이상득. 32세. 강동구 천호 1동 312번지.
처 김미라, 아들 이현구.

'허어! 처자식까지 있는 놈일세. 흠! 전과는 없고……. 있

는 놈이 더하다는 말은 이 경우에는 안 어울리려나? 쩝! 생기긴 잘생겼네, 증명사진이 이 정도면.'

어휴! 확실히 간판은 나보다 낫다.

김용석. 38세. 강남구 대치동 1243번지.

처 한혜진.

건물주는 김용석이란 자로 슬하에 아들, 딸 하나씩을 두고 있다. 물론 이자도 전과는 없었다. 신원 조회만으로는 이상득과 김용석이 어떤 관계인지 알 수 없었다.

'먼저 두 사람의 관계부터 알아봐야 할 것 같군.'

사무실에 오래 앉아 있는 건 바람직한 일이 아니다.

"반장님, 다녀오겠습니다!"

"어, 그래. 당분간 고생 좀 해."

"괜찮습니다."

장 계장과 대화중인 민 반장에게 보고하고 밖으로 나섰다. 괜히 잡고 이것저것 물어보면 골치 아파 기회를 노린 것이다.

근데 파트너는 없냐고?

있다. 김 경사가 내 파트너다. 근데 이 양반 지금 입원 중이라 당분간 나 혼자 업무를 본다. 그래서 지연이가 의뢰한 일도 할 수 있는 거다.

많이 다쳤냐고?

흐흐흐! 맹장 수술했다. 해장국 먹다가 갑자기 배가 아파 응급실 갔더니 급성 맹장이란다. 무사히 수술하고 이제 방귀만 뀌면 출근할 거다. 그전에 이 건은 처리했으면 좋겠는데 아무래도 어려울 것 같다.

말 나온 김에 오늘은 김 경사에게 들러야겠다. 우리 반에서 최고참인 김 경사는 딸딸이 아빠다. 결혼을 일찍 한 덕분에 연년생인 딸들이 모두 고등학생이다. 김 경사는 딸들이 자신을 닮았다고 하지만 천만의 말씀이다.

내가 볼 때는 다행히 아빠를 닮지 않아서 공부를 잘하는 거다. 아빠 닮았으면……. 어휴! 끔찍하다.

김 경사는 학창 시절 유도를 했다고 한다. 유도 선수도 레슬링 선수와 비슷하게 귀가 개판이다. 그게 아니더라도 키 작은 장군감이다. 전에도 얘기했듯이 사내답게도 아닌 장군답게 잘생긴 사람이다.

만일 딸들이 그 유전자를 그대로 이었다면 시집보내기도 힘들 거다.

딸들 성형 수술비 대려고 천하의 악덕 형사가 되었을지도 모른다. 아빠 안 닮고 태어나 준 것만으로도 효도한 거다. 그래서 더 걱정인 것 같다.

차라리 공부를 못했다면 일찍 시집이라도 보내면 되지만 둘 다 잘해 대학을 보내야 한다. 여러분도 알겠지만 두 명을 대학 보내려면 부부는 다른 대부분의 것을 포기해야 한다. 그래도 김 경사는 밝고 예쁘게 커가는 조카들의 모습에 마냥 행복하고 있다.

웬 조카냐고?

흐흐흐! 지금 고2, 3인 미령이와 미희는 날 삼촌이라고 부르며 따른다. 일가친척 없는 내게 생기발랄한 여고생 조카들은 생활의 활력소다. 애들한테 남자 친구가 생기면 무조건 내게 처음으로 보이라고 했다.

"형수님, 방귀 나왔어요?"

"어머! 삼촌 오셨어요? 호호호! 오늘 낮에요. 내일 퇴원하려고요."

"어, 왔냐? 바쁘지?"

김 경사는 침대에 앉아 아스크림을 퍼 먹고 있었다. 형수가 내준 자리에 앉으며 물었다.

"미령이랑 미희는요?"

"아직이요. 오지 말라고 했는데 모르겠어요."

"넌 나 보러 온 거냐, 애들 보러 온 거냐?"

"흐흐, 겸사겸사요. 솔직히 뭐가 좋아서 노땅 보러 오겠습니까. 그나마 조카들이라도 있으니까 이렇게 들르는 거지."

"호호호!"

"손엔 뭐냐?"

김 경사가 내 손에 들린 것에 관심을 갖는다.

오는 길에 조카들 야식으로 도넛을 사왔다. 애들이 젤 좋아하는 거다. 도넛 먹으면 살찐다고 하는데 애들은 복받은 체질인지 날씬하기만 하다.

“아! 형수님, 이거. 미령이랑 미희 공부할 때 먹으라고 하세요.”

“삼촌도… 그냥 오시지 뭘 이런 걸……. 도넛이네요? 호호호, 애들이 좋아하겠네.”

“얌마! 내 건?”

“환자가 먹긴 뭘 먹어요? 그리고 애들처럼 아이스크림은 또 뭡니까?”

장수를 잡으려면 말을 쏘라고 했다. 김 경사와 친해지기 위해서는 형수와 조카들과 친해지는 것이 먼저다. 그러면 아버지이자 남편인 김 경사는 그냥 따라오게 된다.

이런 걸 생활의 지혜라고 하고 혹자는 처세술이라고 한다.

김 경사와 나의 대화에 형수는 눈에 반달을 그리고 있다. 냉장고를 열며 내게 묻는다.

“갑자기 먹고 싶다고 그러잖아요. 좀 드릴까요?”

“아뇨. 전 박카스나 하나 주세요. 불철주야 공무에 바쁘다 보니 박카스가 당기네요.”

“새끼, 불철주야 공무는……. 요즘 뭐하나?”

형수가 건네주는 박카스를 하나 마시며 이런저런 얘기를 나누었다. 휘트니스 클럽 얘기는 하지 않았다. 퇴원하고 수술 자리가 아물면 그때 얘기할 생각이다. 다행히 아직 내 직장

운은 나쁘지 않은지 일단 파트너와의 관계는 문제없는 것 같
다.

뭐, 민 반장도 사람이 잘아서 그렇지 큰 문제는 없는 것 같
고 말이다. 또 원래 사람이 잘면 나름대로 장점도 있다. 아주
나쁜 놈은 되기 힘들다는 말이다.

강동서로 전출 온 지도 벌써 6개월이 지났지만 그런대로
지낼 만했다. 그리고 어차피 내가 있을 자리는 내가 만들어가
는 주의라 크게 걱정하지는 않는다.

"어머! 삼촌!"

"삼촌!"

덥석. 뭉클.

첫째인 미희가 들어오다 나를 보고 등에서부터 목에 매달
렸다. 둘째인 미령이는 수줍음을 타는데 애는 성격이 남자다.

"얌마, 다 큰 아가씨가 창피하지도 않아!"

등에 매달린 미령이를 떼어놓는 내 얼굴은 헤벌쭉 웃고 있
다.

"호호, 창피하긴. 삼촌이 창피하나 보네? 얼굴까지 빨개져
가지고. 호호호!"

아주 날 가지고 논다. 미령의 짓궂은 말과 행동에는 김 경
사와 형수도 고개를 젓는다.

"으휴! 넌 아무래도 남자 사귀기 어렵겠다. 인마, 너처럼
대가 세면 웬만한 남자는 곁에도 못 와. 너 솔직히 아직 남자

친구 한 번도 못 사귀어봤지? 아마 내숭쟁이 미희가 너보다는 인기가 좋을걸."

"호호, 웬만한 놈은 필요없는걸."

"그래, 너 잘났다."

"그럼, 나처럼 미모에 지성까지 겸비하기가 쉬운 줄 알아?"

"삼촌한테 그만 까불어. 니들, 오늘은 오지 말라고 했는데 왜 왔어?"

내가 몰리자 보다 못한 형수가 나섰다.

"엄만, 아무도 없는 집에 무서워서 어떻게 들어가. 같이 들어가려고 왔지. 헤헤헤."

역시 애들한테는 엄마가 쥐약이다. 바로 꼬리를 내리며 형수의 팔짱을 끼고 애교 모드로 전환한다. 저래서 딸을 키우는 모양이다. 보고만 있어도 마음이 흐뭇해진다.

한참 얘기를 나누다 형수와 조카들을 바래다주고 집에 들어왔다. 오늘따라 현관에 들어서며 불을 켜는 마음이 울적하다. 누군가 돌아오는 나를 기다려 주길 바라는 마음이 생긴 것을 보니 나도 결혼할 때가 됐나 보다.

*　　　*　　　*

다음날부터 이상득을 밀착 마크했다. 일단 놈의 동선을 파악할 생각으로 미행을 시작했다. 놈은 오전 10시에 출근해서 오후 5시에 퇴근한다.

하루 일곱 시간의 여유로운 근무라니 참으로 팔자 좋은 놈이다. 그런데 생각해 보니 이 시간이 미묘한 시간대였다.

주부들의 아침은 바쁘다. 우선 자식을 학교에 보내고 남편 출근 뒷바라지를 해야 한다. 그러고 나서 아침상을 치우고 집 안 청소를 한다.

한바탕 전쟁을 치르고 난 듯한 분주함이 가시고 따뜻한 한 잔의 차라도 마실 여유를 갖는 시간.

그게 바로 오전 10시다.

또 오후 다섯 시가 지나면 저녁 준비를 해야 하기 때문에 휘트니스 클럽에서 아줌마는 사라진다. 그러고 보니 너무나 공교로운 이상득의 근무 시간이다.

'호오! 이 새끼 봐라. 대놓고 수작 피우고 있네. 이거 시간도 그렇고 아무래도 사장과도 뭔가 있는 것 같은데……'

거기다 놈은 헬스 강사치고는 호화로운 생활을 한다. 한강이 내려다보이는 50평 아파트에 BMW를 몰고 다닌다. 입고 있는 옷도 아르마니에 베르사체 등 명품으로 도배를 하고 차고 있는 시계도 금장 롤렉스다. 모두 짝퉁이 아닌 진품이 확실하다.

형사가 별 걸 다 안다고?

왕년에 나도 해봤기 때문에 잘 안다. 그건 차차 기회가 있을 때 설명하겠다.

물론 부모에게 물려받은 유산이 있을 수도 있고 지명도 있는 유명 강사라면 가능할 수 있다. 유산 부분은 아직 조사하지 않았지만 업계에서는 전혀 알려지지 않았다. 다른 소득이 없다면 강사 월급만으로는 무리라는 얘기다.

'한두 건 해먹은 게 아니라는 말인데……'

이건 척 보면 견적이 나오는 공사다. 이로서 지연이의 역할이 더욱 중요해졌다. 하지만 그런 이유만으로 무조건 의심하면 억울한 피해자가 생길 수도 있다.

확실한 정황이 드러나고 증거를 수집하기 전에는 피의자일 뿐이지 범죄자는 아니라는 건 진급 시험 답안지에 쓸 얘기고.

'이상득 넌 이제 죽었어.'

*　　　*　　　*

"이상해. 정말 이상하단 말이야?"

"뭐가?"

"이상득이 많은 혜택을 받고 있는 것은 확실한데 사장과 아무 연관이 없어."

"사장? 김용석이란 사람?"

내가 도통 알 수 없다는 표정으로 고개를 내저으며 중얼거렸다. 그러자 지연이 얼굴을 바싹 들이대고 목소리를 낮춰 물었다. 지금 지연과 나는 휘트니스 센터 부근의 커피숍에 마주 앉아 있다.

커피값은 물론 지연이가 낸다. 이게 별것 아니라도 사적인 업무가 아니라 공무다. 내가 국가를 상대로 경비 처리하는 것보다는 개인 회사의 경비 처리가 훨씬 쉽다. 그래서 지연이가 내기로 했다.

"응, 두 사람의 접점이 없어. 친인척 관계도 아니고 학연이나 지연도 없을뿐더러 하다못해 군 관계까지 찾아봤는데 전혀 달라."

"어딘데?"

"하나는 방위, 하나는 실미."

"방위는 알겠는데, 실미? 그게 뭔데?"

역시 여자는 군대에 관한 일에는 약하다. 실미는 4주간의 간단한 교육으로 면제되는 것을 말한다.

"신의 아들이란 소리야. 면제라고."

"아하! 누군데?"

"김용석이. 집안이 좋아. 부모 잘 둔 애들은 군대 안 가."

"그거야 어제오늘 일도 아닌데 뭘……. 그럼 두 사람은 아무 관계 없다는 거야?"

"일단은 그렇지. 하지만 내 감이 틀림없이 관계있다고 난리를 친다. 그건 나한테 맡기고, 넌 잘돼가?"

"나도 피해자 두 사람의 인적 사항을 알아냈어. 이제 만나
보려고."

'헤에! 애가 보기보다 능력있네. 벌써 두 명이나 찾아내
고.'

하지만 칭찬을 해줘서 잘하는 사람이 있고 채찍질을 해야
잘하는 사람이 있다. 지연이는 칭찬을 해주면 기어오를 애다.

"겨우 두 명? 더 찾아봐. 사는 꼴을 보니 한두 명이 아닐 거
야. 그동안 난 두 사람의 관계를 밝혀낼 테니. 무슨 일 있으면
연락하고."

"벌써 가려고?"

"조금 있으면 놈이 퇴근해. 오늘부터 뒤를 좀 밟아봐야지.
너도 어서 가봐."

"알았어. 수고해."

지연과 헤어져 그날부터 바로 이상득의 뒤를 밟기 시작했
다. 낮에는 출근한 것만 확인하고 퇴근길을 집중 마크했다.
설마 클럽에서 뭔 일을 벌이지는 않겠지. 만일 그렇다면 정말
난놈이다.

하지만 며칠이 지나도 원하는 상황을 목격할 수 없었다. 지
금은 작업 중이 아닌지 친구 몇 사람과의 만남 외에는 이른
귀가를 했다.

이상득은 귀가길에 간간이 치킨이나 족발 등을 사가지고

들어갔다. 익숙한 행동으로 보아 집에서는 상당히 가정적인 남편인 것 같다.

그런데 왜 난 욕이 나오지?

'개새끼! 지 가정 중요하면 남의 가정 중요한 것도 알아야지.'

원래 한번 미운털이 박히면 무슨 짓을 해도 밉게 보인다. 이상득이 내겐 그랬다.

제 버릇 남 못 준다는 말을 믿고 이상득을 미행한 지 5일째 되던 날, 놈이 드디어 꼬리를 드러낸 것 같다.

퇴근하던 놈이 천호동에서 한강을 건너 워커힐 호텔로 향했다. 친구를 만나도 강남에서 만나던 놈이 호텔로 향할 때 바로 여자라는 감이 왔다.

오늘 놈 덕분에 한 잔에 만오천 원이나 하는 커피 마시게 생겼다.

'근데 경비 처리는 어떻게 하지? 아직 민 반장한테 보고도 하지 않은 사건인데……. 새끼, 그냥 동네 커피 전문점에서 만나면 좀 좋아.'

놈은 아직 내가 자신을 미행한다는 사실을 모른다. 대놓고 옆자리에 앉아도 아무 의심하지 않는다는 말이다. 놈의 테이블 바로 옆에 자리를 잡고 앉았다. 조금만 신경 쓴다면 대화 내용도 충분히 들을 수 있는 거리다.

만나기로 한 사람은 아직 나오지 않은 것 같다. 놈에게 주문을 받은 직원이 나에게 다가왔다. 비싼 커피 마시는데 담배를 빼놓을 수는 없지.

지금이나 호텔 커피숍에서 담배를 피울 수 있지 얼마 후부터 화장실 아니면 피울 데가 없게 된다. 아, 화장실도 금연이지.

일단 주문부터 하고. 어! 내가 잘못 알았나 보다.

'커피가 만 원이네.'

자판기 커피는 고급이라도 500원이면 되는데 만 원이라도 충분히 비싼 금액이다. 그런데 갑자기 횡재했다는 느낌이 드는 것은 왜일까? 커피 종류도 참 많다. 도대체 얼마나 좋은 원두를 쓰기에 설렁탕 두 그릇 값이란 말인가?

"아메리칸 하나 줘요."

'새끼, 피 같은 내 돈을 쓰게 만들다니.'

이상득의 죄가 하나 더 추가됐다.

'호오! 그런데 새로운 대상인가?'

놈이 먼저 나와서 상대를 기다리는 것으로 보아 작업 중인 것 같다. 작업이 끝난 상대라면 여자가 먼저 기다리고 있을 것이다. 대부분 아쉬운 사람이 기다리게 되어 있다.

남녀의 데이트라면 여자는 매너로라도 10여 분은 늦게 나온다. 왜 그런지 몰라도 그게 매너란다. 먼저 와도 다른 곳에 있다 오지 먼저 약속 장소에서 기다리지는 않는다고 한다.

홀짝, 후루룩.

자판기 커피에 중독되어서 그런지 원두커피는 입에 맞지 않는다. 뭔가 밍밍한 것이 마치 간이 덜된 국을 먹는 것 같다.

'응!'

놈의 눈이 빛나는 걸 보니 상대가 나타난 모양이다. 얼른 입구 쪽으로 시선을 돌렸다.

'역시!'

막 커피숍을 들어서는 여자가 있다. 삼십대 초반 정도로 보이는데 유부녀지 처녀지는 모르겠다. 얼굴은 평범하고 수더분하게 생겼는데 행색이 돈은 좀 있어 보인다.

이상득이 여자를 발견하고 손을 들어 보인다.

'응? 얼굴을 찌푸린다는 건……'

여자는 이상득을 발견하고는 걸어오는데 애인을 만나러 온 여자의 표정이 아니다. 마치 징그러운 벌레라도 보는 듯 경멸에 찬 시선이다.

자, 이런 경우라면 두 가지로 추리할 수 있다.

첫 번째는 처음 내가 생각한 것과는 달리 작업 중이 아니라 작업이 끝난 상대일 수도 있다. 즉 이미 놈에게 금전적인 피해를 입은 상태라면 충분히 저런 표정을 지을 수 있다.

그리고 다른 한 가지는 처음 예상처럼 작업 중이나 놈에 대한 안 좋은 소문을 알고 있는 경우다.

소문을 들었다면 왜 만나냐고?

허어! 그게 여자의 오묘한 심리다.

여자가 나쁜 남자에게 빠지는 이유.

바로 나는 특별하다는 생각과 모성애다.

다른 여자에게는 다 나빠도 내게는 안 그럴 것이라는 심리와 내가 좋은 사람으로 만들겠다는 모성애가 그 원인이다.

그래서 그런지 나도 왕년에 인기 좀 있었다. 하지만 나쁜 남자가 달리 나쁜 남잔가? 사람은 그렇게 쉽게 변하지도 않을 뿐더러 당신도 특별하지 않다는 것을 깨달아야 좋은 남자 만난다.

아! 그리고 설득력이 약하기는 해도 또 한 가지 추측을 해볼 수 있다. 바로 여자가 놈에게 약점을 잡혔을 경우다. 아마 이 세 가지 경우 중 하나가 틀림없을 것이다.

이제부터 귀를 기울여 들어보면 금방 알게 된다.

소머즈를 아는가?

과거 인기리에 방영되었던 미국 드라마 '600만 불의 사나이'와 맞장 뜰 만한 여자다. 사고로 부상당해 기계를 이식해 엄청난 능력을 보이는 여자다.

갑자기 웬 미드 얘기냐고?

그 여자가 귀에도 기계 장치를 이식해 백 리(百里) 밖에서 바늘 떨어지는 소리도 듣는다. 그런데 내 귀도 그 여자만큼은 아니래도 꽤 좋다. 내 몸에 흐르는 기운을 귀에 집중하면 백 리는 힘들어도 일 리(一里) 정도는 가능하지 않을까 생각한다.

기억할지는 모르겠지만 덕유산 3개월 수련으로 얻은 것이 맷집만은 아니다.

다른 거?

흐흐, 한 번에 다 까놓으면 신비감이 떨어진다. 천천히 기다려라.

'쉿! 조용히!'

여자가 놈의 테이블로 앞에 섰다.

"어서 오십시오, 사모님. 앉으십시오."

'사모님?'

"뭐예요, 남편 모르게 나를 만나야 하는 이유가?"

정중한 놈의 태도에도 여자는 냉랭하기만 하다.

'그런데 사모님?'

쩝! 하기야 요즘 유부녀는 다 사모(師母)님이지. 원 뜻이야 스승의 아내를 사모라고 한다. 스승이야 어버이와 같은 존재라 그 아내에게 어미 모(母) 자를 붙이는 것이 충분히 이해된다.

그런데 요즘은 처음 보는 여자한테도 사모라고 한다. 뭐, 그만큼 세상에 존경받는 인물이 많다고 생각하자.

'에헤!'

"하하, 뭘 그렇게 서두르십니까? 우선 자리에 앉으시지요. 큰 소리로 떠들 일은 아니니 말입니다."

그러고 보니 여자는 아직 자리에 앉지도 않았다. 여자는 이

상득의 말을 듣고는 그대로 서 있는 것도 어색하다고 생각했
는지 주위를 한 번 둘러보고 자리에 앉았다.

"시간없으니 용건이나 간단히 말하세요."

"하하, 천천히 말씀드릴 테니 우선 차나 주문하시죠?"

"이 강사님, 우리가 호텔 커피숍에서 한가로이 차를 마실
사인가요? 할 말 없으면 일어서겠어요?"

발딱 일어나 놈을 쳐다보는 여자의 얼굴에서 한기가 풀풀
풍긴다.

'쯧쯧!'

여자의 말이 다 맞는 말이고 정숙한 태도이긴 한데 놈의 여
유로운 얼굴을 보니 뭔가 약점을 잡히기라도 한 듯하다.

"하하, 사모님이 그렇게 말씀하시니 서운합니다."

놈은 말과는 달리 전혀 서운하지 않은 얼굴이다. 능글맞은
웃음을 지으며 주머니에서 작은 봉투를 하나 꺼내 테이블 위
에 올려놓았다. 편지봉투보다 약간 큰 봉투는 내용물로 두툼
했다.

봉투를 본 여자가 의아한 표정으로 물었다.

"이게 뭐죠?"

"일단 앉아서 보시는 게 어떻습니까? 보고 나서 가셔도 늦
지 않습니다."

'호오!'

놈의 표정을 보니 내용물에 상당한 자신을 가지고 있는 듯

하다. 내용물은 안 봐도 알 것 같았다. 머릿속에는 벌써 내용물이 떠다니고 있다.

'아니지. 저 여자의 태도로 봐서는 육체관계는 아직 없었다고 봐야 해. 그렇다면 여자의 사진이 아니라는 말인데…….여자는 단순히 휘트니스 클럽의 회원일까?

분위기상 여자의 알몸 사진은 아니라는 생각이다. 일단 두 사람 사이에는 아직 육체관계가 없다. 만일 관계가 있다면 저렇듯 뻣뻣하지는 못할 것이다. 여자는 아직 자신이 어떤 약점을 잡혔는지 모르고 있다고 봐야 했다.

다시 자리에 앉은 여자가 봉투를 열어 내용물을 확인한다.내용물은 역시 짐작대로 사진이었다.

내 자리에서는 사진을 확인할 수 없는 관계로 여자의 얼굴을 주시했다. 사진을 봤을 때의 표정으로 어느 정도는 짐작이 가능하기 때문이다.

'도대체 뭐야?

사진을 처음 봤을 때 여자의 표정은 얼굴을 붉게 물들이며 당황하는 표정이었다. 그래서 놈이 여자의 알몸 사진이라도 찍었다고 생각했다. 그러나 곧 여자가 의아한 얼굴로 놈을 쳐다보았다.

"이게 뭐야? 왜 내게 이런 사진을 보여주는 거야? 당신 조금 이상한 사람 아니야? 정당한 설명을 하지 못한다면 그대로 넘어가진 않겠어!"

여자가 아주 당차다. 이상득에게 화가 났는지 바로 말투가 변했다. 굉장히 이성적이고 확실한 성격 같다.

그러나 상대가 안 좋은 것 같다. 놈의 얼굴은 마치 여자의 반응을 예상하고 있었던 듯 아직도 여유가 있었다.

"사모님, 사진을 잘 보십시오. 사진 속의 배경이 많이 보던 곳 아닙니까?"

"…아니, 이곳은……. 당신, 이런 파렴치한 짓을 하고도 무사할 줄 알아?"

"쉿! 사모님, 목소리가 큽니다. 제가 찍었다면 이렇게 사모님께 보여드리겠습니까?"

놈은 여자의 목소리가 높아지자 당황해 주위를 살피며 말했다. 여자는 놈의 말에 무언가 짚이는 것이 있는지 안색이 창백해졌다.

"그럼… 설마……!"

"이제 이해가 되셨나 보군요. 어떻습니까? 그래도 그냥 가시겠습니까?"

놈은 다시 등받이에 기대며 느물거리는 태도로 여자에게 말했다. 놈은 막다른 골목길에 먹이를 몰아넣은 포식자의 얼굴을 하고 있다. 어떻게 요리할까 머리를 굴리는 소리가 내 자리에서도 들린다.

'하지만 상득아, 너를 노리고 있는 또 다른 포식자가 있단다. 나랑 엮인 순간부터 넌 행운 끝, 불행 시작이란다.'

지금까지의 대화와 분위기로 대충 이해가 됐다.

'쯧쯧!'

여자는 똑똑해 보이는데 남편이 못나서 고생 좀 하겠다. 이래서 남자나 여자나 상대를 잘 만나야 한다.

대충 정리해 보면 이렇다.

이상득이 보여준 사진은 휘트니스 클럽의 샤워실이나 탈의실일 것이다. 그리고 사진을 찍은 사람은 저 여자의 남편, 그러니까 아마도 휘트니스 클럽의 사장일 것이다.

그렇게 가정하면 대충 얘기가 정리된다. 사장의 고상한 취미를 알게 된 이상득은 사장 김용석을 협박했다. 가진 게 많은 자는 지킬 것이 많다는 말처럼 있는 집안의 김용석은 자신은 물론 집안의 명예를 위해서라도 이상득의 협박에 넘어갈수밖에 없다.

그리고 이상득 역시 처음부터 많은 것을 원하지는 않았을 것이다. 원래 처음부터 크게 해먹는 놈은 많지 않다. 하지만 김용석이 요구를 들어주자 더 욕심이 났을 것이다. 욕심은 더한 욕심을 부르는 법이고 마약처럼 중독되는 법이니 말이다.

하지만 김용석이라고 호락호락하지는 않다. 있는 놈은 있는 놈들과 알고 지내기 때문이다. 그리고 그런 놈들은 귀찮은 벌레를 떼어놓는 방법을 알고 있다.

여기까지가 정해진 루트다. 결과는 욕심을 부린 이상득이 김용석에게 호되게 당하는 해피엔딩으로 끝난다.

‘응! 해피엔딩? 크! 이 경우는 안 어울린다. 취소!’

그런데 우리는 한 가지 더 짚고 넘어갈 일이 있다. 정해진 루트를 따랐다면 오늘의 자리가 있어서는 안 된다는 사실이다.

그럼 오늘의 자리는 왜 만들어졌을까?

해답은 간단하다. 어떤 이유에선지 이상득이 김용석의 태도가 변한 것을 알아차렸기 때문이다. 신변의 위협을 느꼈다든지 직감이라든지 아무래도 상관없다.

그때 이상득은 어떻게 행동할까?

놈이 올바른 놈이라면 개관천선하고 새 삶을 살 것이다.

그러나 우린 놈이 절대 그러지 않을 것이란 걸 안다. 놈은 마지막으로 한탕 할 생각을 했을 것이다. 그리고 상대를 김용석의 처 한혜진으로 정한 것이다. 그래서 오늘의 자리가 만들어진 것이다.

아주 소설을 쓰라고?

흐흐, 두고 봐라. 내 추리가 맞을 것이다. 온갖 범죄를 다 보고 겪으며 산 나다. 똥인지 된장인지 찍어 먹어보지 않아도 안다.

“원하는 게 뭐지? 남편도 알고 있어?”

‘허! 대단한 여자네.’

여자는 처음 보였던 당황한 모습은 마치 연기라고 믿어질 만큼 침착하고 당당한 표정으로 이상득을 쳐다본다.

그런 모습은 예상치 못한 듯 놈이 오히려 당황했다. 하지만 이내 실수를 깨닫고 안색을 고치며 말했다.

"하하, 짐작하실 텐데요?"

"그럼 내게도 알린 것을 보니 남편이 뜻대로 해주지 않았나 보군."

"그걸 어떻게……?"

이상득은 부지중에 말을 뱉었으나 곧 실수를 깨닫고 입을 다물었다. 그러나 이미 공은 여자에게 넘어간 듯하다. 피식 실소를 흘리며 경멸에 찬 시선으로 놈을 쳐다본다.

"그렇지 않아도 클럽에 당신에 대한 추잡한 소문이 돌고 있어. 남편이 자르지 않는 것이 이상하다 생각했는데 알고 보니 그런 이유가 있었군."

"그건……."

이상득이 애써 태연을 가장하지만 이미 여자의 페이스에 말려들었다. 놈이 바로 대답하지 못하자 여자는 더 들을 필요도 없다는 고개를 내저으며 묻는다.

"그런데 내게 뭘 원하지? 아! 얘기하기 전에 분수를 지키는 게 신상에 이롭다는 것을 잘 생각하고 말하도록 해."

남편이 꽤나 속을 썩였는지 한두 번 해본 말솜씨가 아니다. 이상득이 현명한 자라면 여기서 적당한 금액으로 합의 보고 깨끗이 잊고 떠나야 한다. 여자의 말대로 욕심을 부리면 당하는 것은 결국 이상득이 될 것이다.

하지만 나는 이상득을 응원했다. 이상득과 김용석, 두 마리 고기를 다 잡고 싶었기 때문이다. 그것도 멀쩡한 상태로가 아니라 상처투성이의 고기를 말이다.

'상득아, 이렇게 끝나면 내가 서운하지. 남자가 칼을 뽑았으면 무라도 베야 한단다.'

마음속으로 한 내 응원이 효과를 발휘했다. 범죄자의 말로가 다 그렇듯이 마지막 한 번이 문제다. 이상득은 벌게진 얼굴로 거친 숨을 몰아쉰다. 놈도 흥분해선 좋은 게 없다는 점을 깨달은 것이다.

"후우! 사모님도 보통 분은 아니시군요. 하하, 제가 손들었습니다. 5억만 만들어주십시오. 깨끗이 물러나겠습니다."

'놈!'

이상득이 결국 질렀다.

5억.

외환 위기라고 해서 매물이 쏟아져 나와 5억이면 강남에 50평 아파트를 살 수 있다. 그동안 김용석에게 뜯어먹은 것도 있을 텐데 아무리 생각해도 과한 액수다.

김용석이 도촬(盜撮) 혐의로 기소된다고 해도 초범일 테니 잘해야 집행유예다. 아니, 집안이 방귀깨나 뀌니까 기소도 막을 수 있을지 모른다. 그동안 얼마를 해먹었는지 몰라도 5억은 과한 액수다.

그러나 뜻밖에도 여자는 낯빛 하나 바꾸지 않고 고개를 끄

덕였다. 이상득은 여자가 쉽게 제안을 받아들이자 더 부르지
않은 것을 후회하는 눈치다.

　'쯧쯧! 미련한 놈.'

　이상득은 아마도 어설픈 제비 정도인가 보다. 여자보다 몇
수 아래다. 여자는 제안을 받아들인 것이 아니다. 결심을 했
을 뿐이다.

　한 1억 정도 불렀으면 주고 털었을지도 모른다. 그러나 이
상득의 욕심이 화를 불렀다.

　여자는 1원도 주지 않을 생각이다. 그 절반 아니 몇 천만
집어줘도 벌레를 잡아줄 사람들은 널려 있다. A/S까지 깔끔
하게 말이다. 언제나 과욕은 화를 부르는 법이다.

　'으음! 상득이가 위험하겠는데.'

　하지만 구해줄 생각은 조금도 없다. 법이 못하고 내가 못하
는 일을 여자와 김용석이 해주는데 왜 말리겠냐. 나는 굿이나
보고 떡이나 먹으련다.

　그리고 마지막에 정리 차원에서 김용석과 만신창이가 된
이상득을 법의 품에 안겨주는 일이 경찰인 내가 할 일이다.

　"삼 일 후에 보지."

　여자는 사무적인 어조로 짧게 말했다. 반론이나 이의를 용
납하지 않겠다는 태도다.

　'나 원, 도대체 누가 협박을 하고 있는 건지……. 병신 같
은 놈.'

놈이 과연 여자를 후려쳐 먹고 사는 놈이 맞는지 의심스럽다.

"자료는 저만 가지고 있는 것이 아니라는 것은 잘 아시리라 믿습니다. 그래도 노파심에서 말씀드리겠습니다. 제 신상에 무슨 일이 생기면 사진은 언론사로 바로 보내집니다."

놈의 말에 여자가 피식 실소를 흘렸다.

"그럼 그렇게 하든지. 어쨌든 삼 일 후 이 시간에 이 자리에서 만나기로 하지. 구질구질하게 복사본을 남기거나 한다면 정말 후회하게 될 거야. 그럼."

여자는 이상득의 대답도 듣지 않고 일어서서 바람처럼 사라졌다. 놈은 귀신에라도 홀린 듯한 표정으로 멍하니 멀어지는 여자의 뒷모습만 쳐다보고 있다.

'으휴! 병신!'

TV가 여러 사람 버렸다. 어디서 들은 얘긴 있어서 한마디 해보지만 돌아오는 건 비웃음뿐이고 죽을 줄 모르고 5억의 꿈에 젖어 있다. 놈은 죄질이 나빠서 그렇지 범죄계의 피라미다.

만일 깡패라도 동원해 이상득을 다룬다면 다 토해낸다. 놈은 완벽한 대비책을 세워놨다고 생각하고 있다. 그러나 깡패들에게 잡혀가 몇 대 맞아봐라. 감춰둔 필름뿐만이 아니라 없는 딸내미도 팔아야 한다.

'나 원! 새끼, 지가 안중근 의산 줄 아나?

사람들은 흔히 깡패를 경원시하면서도 폭력에 굴한 사람을 비웃거나 욕한다. 그런데 사실 폭력에 굴하지 않는 사람을 찾기란 하늘에서 별 따기다.

막말로 우리 청장님도 잡혀가 하루만 맞아봐라. 대통령 욕하라고 해도 입에 거품 물고 할 것이다.

안중근 의사나 유관순 누나는 그래서 위인이다. 난 개인적인 견해지만 그분들의 행동보다 고문에 굴하지 않은 용기를 더 높이 산다.

내가 볼 때 이상득은 손댈 필요도 없다. 적당히 '아내가 예쁘네? 아들이 공부 잘한다며?' 등등의 말로도 다 토해놓을 놈이다.

여자는 그걸 알기에 이상득의 협박에 신경도 쓰지 않는 것이다. 나도 알고 여자도 아는데 모르는 놈은 당사자인 이상득뿐이다.

아! 손자와 소크라테스가 놈을 보고 눈물을 흘린다.

'지피지기(知彼知己)가 너 자신을 알라였던가?

THE PUNISHER
Chapter 05
일타쌍피(一打双皮)

"뭐해, 빨리 안 오고?"

"미안! 데스크에 보고하고 나오느라고."

"늦었으니까 오늘은 니가 사."

"언젠 니가 샀고?"

"처음 만났을 때 내가 커피 샀잖아!"

"니네 경찰서 자판기 커피? 야야, 됐어. 내가 앓느니 죽지. 그건 그렇고, 중요한 일이 뭔데?"

지연의 회사 근처 커피숍이다. 얘가 연락한 지 30분 만에 나타나 열이 뻗쳐서 한마디 했다. 남이 잘못했을 때는 확실히 책임을 묻고 내가 잘못했을 때는 빨리 잊어라.

‘흐흐, 너무 속보이나. 쩝!’

하지만 오늘은 그래도 된다. 지연이가 물어온 건수지만 꽃을 피운 건 나다. 이럴 땐 확실히 생색을 내야 한다.

지연이가 내 마누라도 아니고 어엿한 사회인인데 공짜로 퍼줄 필요는 없다. 그리고 나중에 편히 부려먹으려면 이런 기회에 빚을 지워두는 게 최고다.

그래서 지연이 모르게 진행할 수도 있지만 후일을 위해 투자하는 셈 치기로 했다. 쟤도 감이 있어 경험이 쌓이면 꽤 쓸모가 있을 것 같다.

초반에 내가 조금 도와주면 잘나갈 소질이 있다. 그리고 잘나가는 신문기자 하나가 내 편이 된다면 사회생활 하는 데 꽤 도움이 된다.

커피숍에서 할 얘기가 따로 있지. 사람을 씹으려면 고기를 씹으며 해야 한다.

“얘기가 꽤 긴데?”

“그래? 나가자. 한잔 빨며 천천히 듣지, 뭐.”

“흐흐흐, 그래야지. 우리 오랜만에 마장동 가자.”

“아! 거기? 좋아! 나도 니 핑계로 고기 좀 씹어야겠다.”

우리는 의기투합해서 마장동으로 자리를 옮겼다. 얘가 거절을 안 해서 참 편하다. 그리고 나도 양심이 있어 소고기를 먹을 때는 조금 싼 곳으로 간다. 마장동은 싼값에 질 좋은 고기를 먹을 수 있는 곳으로 지연이와 몇 번 가본 곳이다.

'그런데 이런 내 상냥함과 배려심을 얘가 과연 알기는 할까?'

치지직, 지글지글.

그런데 중요하고 심각한 대화를 나눠야 한다면 소고기집은 피해라. 알다시피 소고기는 바싹 익으면 질겨서 맛이 없다. 뜨거운 철판 앞뒤로 1초씩 2도 화상만 입혔을 경우가 육질이 부드러워 가장 맛있다.

쩝쩝. 와구와구. 쪼르륵. 꿀꺽꿀꺽.

치지직. 지글지글.

그러다 보니 고기가 나오고 20여 분간 지연이와 나 사이에는 대화가 없다. 일단 뱃속부터 채우고 대화는 나중이다. 얘도 처음엔 안 그러더니 나와 몇 번 고기를 먹더니 눈에 불을 켜고 젓가락질을 한다.

지금 내게 말 걸어봐야 한 귀로 듣고 한 귀로 흘린다는 사실을 알고 있다. 그렇다고 내가 구운 고기를 지연이 접시에 놓아주는 사람도 아니다. 지연이가 얘기를 끝냈을 때는 텅 빈 접시만 남아 있는 경우가 대부분이다. 한두 차례 경험한 이후론 얘도 아귀처럼 달려든다.

"끄윽! 역시 맛있다. 그치?"

"응. 헤헤헤."

천진난만한 얼굴로 고개를 끄덕이며 멋쩍은 웃음을 짓는 지연이다.

"야, 입 좀 닦고 웃어. 계집애가 지저분하게."

"니는 어떻고?"

내 질책에도 지연은 태연히 티슈로 입 주위를 닦아내며 대꾸한다.

'참, 애도 객관적으로 보아 미인인데 왜 도전 의욕이 안 생기지?'

하기는 사람이 취향마저 똑같다면 부익부빈익빈(富益富貧益貧) 현상이 더 심하겠다. 제 눈에 안경이라고, 그나마 취향이 달라 모두 짝을 이루고 사는 것 같다.

이미 안심 3인분, 차돌박이 3인분이 우리 뱃속으로 사라졌기에 이제는 느긋하게 대화를 나눌 분위기가 만들어졌다.

"육회나 하나 시켜라."

"그럴까? 아저씨, 여기 육회 하나, 냉면 하나, 그리고 맥주 좀 주세요!"

나는 면을 좋아하지 않기에 냉면은 하나만 시킨다. 추가 주문을 끝낸 지연이 나를 빤히 바라본다. 이제 슬슬 고기값을 하라는 신호다.

"어, 참! 넌 어떻게 되가?"

"접촉 중이야. 한 명은 만나주지도 않아서 우선 한 명만 만나 설득 중이야."

"그래? 그래도 다행이네. 나머지도 포기하지 마. 다른 피해자가 신고할 예정이라면 응해줄지도 몰라."

"호호, 포기 안 해. 그건 걱정 말고, 뭐야?"

"응, 일이 좀 꼬였어. 흐흐. 그런데 너 휘트니스 클럽에서 샤워하냐?"

말을 하던 중 문득 지연의 샤워하는 모습이 상상되어 물었다. 지연이의 아래위를 훑어보며 음흉한 표정을 짓자 지연이 눈을 하얗게 치켜뜬다.

"너, 너! 지금 무슨 상상을 하는 거야? 그리고 내가 클럽에서 샤워를 하든 말든 니가 뭔 상관이야?"

이렇게 반응이 바로바로 오면 놀리는 재미가 있다. 눈을 게슴츠레 뜨고 음침하게 웃으며 의미심장한 표정으로 고개를 끄덕였다.

"호호호, 상관이 있지. 암, 상관있고말고."

"왜? 니가 내 남편이야, 애인이야? 뭔데 상관있어?"

뭐, 더 놀려봐야 나올 것도 없고 물주에 대한 예의로 그만하기로 했다. 애를 다루는 건 어린아이 손목 비틀기보다 쉽다. 안색을 굳히고 목소리만 깔면 된다.

"야, 흥분하지 말고 들어봐. 일이 꼬였어. 이상득이 문제만이 아냐."

"응? 뭐가?"

"이상득이 연예 사업을 조사하려고 미행하다 보니 김용석이가 등장하더란 말이야."

"왜? 둘이 한통속이야?"

"아니, 그건 아닌데 너한테까지 들린 소문이 사장인 김용석이가 모르겠냐? 그런데도 잘리지 않은 이유는 놈이 김용석의 약점을 잡고 있었기 때문이야."

"약점? 뭔데?"

지연에게 그동안 알아낸 사실과 목격한 사실을 알려주었다. 다 듣고 난 지연의 표정이 볼 만했다.

"그럼 내 사진도 있겠네? 아, 난 몰라! 이 더러운 변태 새끼! 당장 고소해서 콩밥을 먹여야 해! 아니, 넌 알고도 가만있었단 말이야?"

처음엔 창피한 생각에 얼굴이 빨개지더니 급기야 흥분해 상소리마저 입에 담는다. 그러더니 결국 나에게 비난의 화살을 돌린다.

"야, 안지연. 너 아마추어처럼 왜 그래? 좀 진정하고 내 말을 들어봐."

"뭘 들어? 내 이 변태 새끼를 당장!"

"야, 인마! 당장 가서 어떻게 할 건데? 너한테 증거나 있어?"

"수색하면 나올 거 아냐!"

"이게 대가리에 똥만 들었나. 넌 협박당하고도 증거를 가지고 있겠냐? 치워도 벌써 치웠지. 괜히 건드렸다가 놈도 놓치고 명예훼손으로 너만 고소당해. 뭘 알고 지랄을 해도 해라."

우리가 시끄럽게 떠드는 바람에 항의가 들어왔는지 주인 아저씨가 다가와 조용히 해달라고 한다.

"손님, 다른 손님들께 방해되니 조금 조용히 해주십시오."

"예, 죄송해요."

지연이는 내가 지랄해도 바락바락 대들더니 식당 주인의 말에는 조용히 입을 닫는다. 주인아저씨 덕분에 조용한 가운데 이성을 찾고 대화할 수 있게 되었다.

'계집애, 성질머리 하고는……. 이래서 내가 안 끌렸나?'

그건 아니다. 난 순종적이고 헌신적인 여자보다 색깔이 진한 여자가 좋다. 얘도 진하다 못해 검정에 가까운 얘다.

"후우! 그래, 그 변태 새끼 어떻게 할 건데?"

조금 진정이 됐는지 심호흡을 하며 목소리를 낮춰 묻는다. 그래도 아직 목소리에는 시퍼렇게 날이 서 있다. 애매하게 대답했다가는 모든 원망이 내게 쏟아질 것 같다.

'그건 안 되지.'

"어떻게 하긴 어떻게 해. 다 잡아 넣어야지."

"약속할 수 있어? 그럼 내가 참는다. 하지만 잡지 못하면 니가 나 책임져."

'아, 씨, 갑자기 뭔 소리를 하는 거야? 그런 무서운 협박을 하면 오히려 의욕이 떨어진다고.'

애가 쇼크를 먹어도 크게 먹었나 보다. 아직 제정신이 아닌 것이 틀림없다.

"갑자기 뭔 소리야? 내가 왜 널 책임져? 내가 책임지고 잡기는 할 건데 제발 그런 무서운 소리는 하지 마라."

"야, 그럼 처녀 알몸 사진을 찍은 놈을 놓치겠다는 소리야?"

"놓치기는 왜 놓쳐. 잡는다니까. 책임지고 내가 잡아. 니가 그런 소리만 안 하면."

"약속하는 거지?"

"그래. 우리의 우정을 걸고 약속한다."

뭘 걸고 싶은데 걸 만한 게 없다. 그래서 우정을 걸었다. 그럴 리야 없지만 놓치면 어차피 지연이는 못 본다. 놓치면 깨질 우정 일단 걸고 보는 거다. 책임지는 일보다는 훨씬 낫다.

"말해봐. 어떻게 할 건지."

"넌 지금 하던 대로 피해자를 설득해. 지금 손을 쓰면 이상득은 공갈, 협박에 성폭행이 되지만 김용석은 잡기가 어려워. 또 잡아봐야 잘해야 집행유예야. 불기소로 끝날 수도 있고. 그랬으면 좋겠냐?"

"안 돼! 그런 변태 새끼는 꼭 콩밥을 먹여야 해. 이상득도 마찬가지고."

'그래, 나도 안다. 그래서 너한테 말하는 거고.'

근데 자구 변태 새끼, 변태 새끼 하니까 나까지 기분이 이상하다.

"그래서 하는 말이야. 아무래도 김용석이 마누라가 하는 꼴을 보니 납치, 폭행으로 이어질 것 같거든. 난 그때까지 기다릴 생각이야.”

“확실해?”

“날 믿어!”

가슴을 탕탕 치며 말했지만 앤 눈을 가늘게 뜨고 쳐다본다.

‘아! 내가 애한테 신뢰를 심어주지 못했나 보다.’

난 초보 기자 하나 제대로 다루지 못한 데 대해 반성했다. 앞으로 내 말이면 팥으로 메주를 쑨다고 해도 믿게 만들어야겠다.

일단 오늘 위기를 넘기고 나서 말이다.

“생각해 봐. 이거 기사거리 된다. 넌 심층 추적 기사를 독점하는 거고.”

반짝.

‘흐흐. 지가 그러면 그렇지.’

“좋아, 검거 현장에는 나도 같이 가는 거다?”

뭐, 그 정도야 들어줄 생각이다. 흔쾌히 고개를 끄덕여 줬다.

“콜!”

“삼 일 후에 이상득이랑 김용석의 처 한혜진이 만나기로 했다며? 그때 칠 거야?”

‘얘가……’

그렇게 말했는데도 성급하기는.

“그러면 무슨 소용 있냐? 그날 돌아가는 상황을 봐야지. 아마 모르긴 해도 이상득이 호되게 당할걸. 그 후에 쳐야지. 그래야 납치, 폭행, 공갈이 성립되는 거야, 거기다 도촬까지. 흐흐흐, 그렇게 되면 아무리 잘난 집안이라도 손쓰기 어려울걸. 이게 사면초가에 일타쌍피라는 전법이다. 알겠냐?”

지연이 피식 실소를 짓는다. 그러다 무언가를 떠올렸는지 안색이 변해 물었다.

“근데 내 사진은 어떻게 하지? 지울 수 있어?”

“지우긴, 증거물에 손대면 어떻게 해. 그건 안 돼!”

“야, 니가 어떻게 해봐. 창피해서 어떻게 다녀.”

“그게 방송에 공개되냐, 창피하긴 뭐가 창피해? 봐도 경찰 몇 명하고 검사나 판사 정돈데. 김용석이야 이미 감상했을 테고.”

‘흐흐흐!’

내가 놀리는 줄도 모르고 애가 타는 모양이다. 이상득에게 협박을 당하고도 김용석이 계속 촬영을 했다고는 생각하기 어렵다. 만일 그랬다면 놈은 정말 도촬계의 지존이다. 십중팔구는 증거 인멸을 위해 촬영을 그만두고 장비도 치웠을 것이다.

그리고 지연은 최근에 다니기 시작해 피해를 입지 않았을 것이다. 그래도 놀리는 재미가 있으니 당분간은 모른 척할 생각이다.

'에이, 그래도 친한 얘가 가슴 졸이는 것을 보니 불쌍한데 그냥 말해줄까?'

쩝! 아무튼 나는 이 넓은 도량이 문제다.

"넌 걱정하지 않아도 돼. 김용석이 미친놈이 아니라면 니가 다닐 때는 찍지 않았을 거야."

"정말 그럴까?"

"모르지. 니 말대로 변태 새끼니까. 흐흐흐!"

"뭐야!"

'아!'

결국 약 올리는 일을 포기하지 못했다.

*   *   *

삼 일 후.

지연을 데리고 워커힐로 갔다. 그곳에는 미련한 이상득이 또 한혜진을 기다리고 있었다. 하지만 곧 한혜진이 나타나 함께 자리하고 있다. 물론 근처 테이블에는 내가 그들을 등진 채로 앉았고 지연이 정면으로 보고 있다.

한혜진은 이상득에게 몇 번이고 이번이 마지막이라고 다짐받고 있다. 그리고 원본 필름을 받아 들고도 몇 번이나 허튼짓하지 말라고 위협하고 있다.

그러나 거래는 쉽게 이루어졌다. 한혜진이 다른 생각을 가지고 있기 때문이다. 이상득의 의심을 풀기 위한 제스처일 뿐이다.

우리?

우리는 지금 소곤소곤 목소리를 낮춰 토닥거리고 있다.

"너 진짜 잘 찍어야 해?"

찰칵찰칵.

셔터를 누르는 지연이 미덥지 않아 포즈를 잡으며 벌써 같은 말을 세 번째 한다. 그러니 지연의 시선이 고울 리 없다. 그래도 애가 미덥지 않은 걸 어쩌겠는가.

"야, 제발 우리 아빠처럼 잔소리 좀 그만해. 넌 아직 젊은 애가 이럴 때 보면 어쩜 꼭 늙은이 같냐?"

"인마, 중요하니까 그렇지."

"요즘은 기술이 좋아서 초점이 안 맞아도 선명하게 나오게 할 수 있어. 그렇게 못 믿으면서 사진 기자 데려온다는 걸 왜 말려."

'쩝! 내가 너처럼 젊지는 않지.'

사진 기자를 데려왔으면 나도 좋은데 아직 그럴 때는 아니다. 애는 믿지 못하겠지만 현대 과학을 믿어봐야겠다.

"필름은 넣었지?"

"휴우! 요즘엔 필름 필요없어. 넌 디지털카메라도 모르냐?"

'아, 그렇지. 디지털 카메라.'

사진 찍히는 걸 극히 꺼려 해 몰랐다. 그리고 관심도 없었다.

지연이는 작고 예쁜 디지털카메라를 가지고 왔다. 영화에 나오는 첩보원이 들고 다니는 카메라는 아니어도 충분히 작고 필름이 필요없어 유용할 것 같다.

아직은 충분히 보급되지 않은 모양이지만 앞으로 선풍적인 인기를 끌 상품이다. 그러다 곧 휴대폰에 밀리지만 말이다.

"쟤네들 눈치 못 채게 잘 찍어."

"아, 정말."

"알았어, 알았어. 그만할게."

뭐라 한바탕 하려던 지연이 다급한 표정으로 속삭인다.

"어, 한혜진이 나가. 놈은 그대로 있고."

"그럼 됐어. 봉투 넘어간 거 다 찍었지?"

"응."

"우린 이상득만 쫓아가면 돼."

"그래?"

이상득은 쉽게 끝난 거래에 희희낙락하고 있지만 지금부터 놈은 악몽을 꾸게 될 것이다. 쉽게 돈 버는 일은 우리 같은 소시민에게는 없다. 놈은 결국 대가를 치러야 한다는 것을 몸으로 느끼게 될 것이다.

"이상득이 일어났어."

“괜찮아. 천천히 따라가도 돼.”

이상득이 돈을 쓰기 전에 처리할 것이니 납치는 오늘이다.

‘어딜까? 주차장?

호텔 주차장은 아닐 테니 따라가 보면 알 거다. 호텔은 차를 가져다준다. 그리고 놈을 미행하는 것은 우리만이 아닐 거다. 천천히 따라가면 알게 될 거다.

‘흐흐, 상득아, 오늘 하루만 맞아라. 내일은 구해줄게.’

그래도 대한민국에 태어난 걸 고맙게 생각해야 할 거다. 이런 경우 쥐도 새도 모르게 죽어 나가는 나라도 많다. 우리나라도 전혀 없다고는 할 수 없지만 몇몇 나라에 비하면 양호한 편이다.

이상득은 쉽게 해결되어 기분이 좋은지 휘파람을 불며 차를 기다리고 있다.

‘공돈 5억이 생겼으니 기분도 좋겠지.’

놈을 실은 BMW가 경쾌하게 호텔을 빠져나간다. 그리고 또 한 대가 뒤를 따른다.

‘쯧! 아주 대놓고 미행하네.’

“앞차 왜 저래? 왜 안 가? 이러다 놓치겠다. 빨리 가.”

“괜찮아. 우린 저 앞에 차만 따라가면 돼.”

“이상득이 밟잖아.”

“놈들이 이상득이 눈치채게 한 거야. 지금 가봐야 마주친단 말이야. 저 앞차는 길을 막고 있는 거고.”

"누구랑?"

"누군 누구야. 미행하는 놈들이지. 쟤들뿐이라고 생각하냐? 앞에서 기다리고 있을 거다. 쟤들 범행 현장에 우리가 나타나면 뭐가 되냐?"

깡패들이라고 머리가 없는 것이 아니다. 일부러 미행이 있다는 것을 알린 것이다.

자신을 미행하는 자가 있다는 것을 알면 사람은 급해진다. 지금의 이상득처럼 죄를 지은 놈은 더하다. 미행하는 차를 신경 쓸 때 앞을 가로막고 나설 것이다.

범행 장소는 호텔에서 광장동으로 내려가는 내리막길이다. 커브 길에서 일단 들이받고 끌어내면 끝이다. 10분도 걸리지 않는다. 미행하는 차는 지금처럼 차선을 차지하고 천천히 달리면 된다. 앞에도 그런 차가 있을 것이다.

추월하게 두지도 않겠지만 만일 추월한다면 놈들의 범행 현장에 있게 되는 어색한 상황이 된다. 그걸 피하려면 앞차의 의도대로 천천히 달리면 된다. 어차피 놈들은 한곳으로 모일 테니 말이다.

"오늘은 장소만 확인하고 가자."

"그럼 내일 치는 거야?"

"그래. 김 경사님에게 얘기해서 지원 부탁해 놨어."

"호호, 그래?"

"일단 잡아다 놓을 테니 피해자 설득은 니가 책임져. 걸 때

한 번에 다 걸어야지. 한 놈은 공갈 협박에 성폭행, 사기, 또 한 놈은 납치, 감금, 폭력 사주에 몰카까지. 두 놈 다 완전히 범죄 종합세트네.”

“지원? 지원해 준대?”

‘내가 슈퍼맨이냐, 혼자 가게? 파트너는 왜 있고 반원은 뒀다 뭐하게?’

다 이럴 때 쓰라고 있는 거다.

현행범은 반드시 저항을 한다. 하물며 깡패들이 범죄 현장에서 고이 잡혀주겠냐? 나 혼자 갔다가는 맞아죽기 십상이다. 내가 비록 특별한 능력으로 몸빵은 좀 하지만 뭇매에는 장사없는 법이다.

“응, 우리 반에서 지원하기로 했어. 이번엔 사진 기자 데려와도 돼.”

이번 기회에 우리 반이 신문에 한번 나는 것도 좋은 일이다. 민 반장이 나겠지만 다 경력에 도움된다. 다들 열심히 일하지만 알려지는 건 또 다른 문제다.

그리고 혹시 있을지도 모를 김용석이 배경도 침묵할 수밖에 없게 된다. 이런 것을 고도의 언론 플레이라고 한다.

그리고 이번 사건이 잘 끝나면 나도 반의 일원으로서 완전히 인정받게 될 것이다.

‘누이 좋고 매부 좋고, 도랑치고 가재 잡고. 흐흐흐!’

나도 편해지자고 하는 일이다.

“호호호, 알았어.”

지연이도 이상득과 비슷하다. 한 건 했다는 생각으로 목소리가 명랑, 쾌활해졌다.

“봐. 이제 속도를 내잖아.”

우리가 대화를 나누는 사이 앞차가 속도를 내기 시작했다. 이상득을 처리했다는 뜻이다. 이제는 앞차를 놓쳐서는 안 된다. 액셀을 힘껏 밟았다.

부우웅!

“어! 정말 유리 파편이 있네!”

커브를 돌자 사고 흔적을 볼 수 있었다. 약간의 파편과 타이어의 급브레이크 흔적이 내 예상이 맞았다는 것을 확인시켜 주었다. 그러나 이미 이상득도 그의 BMW도 현장에는 없었다.

지연이가 새삼스러운 눈으로 나를 쳐다본다. 존경심이 샘솟는 모양이다. 평소 같으면 한마디 잘난 체해줬겠지만 지금은 앞차를 쫓기 바빠 피식 실소로 대신했다.

아차산 길을 내려온 앞차는 그대로 경기도 구리 쪽으로 빠졌다. 아직 우리의 미행을 눈치채지는 못한 듯 빠른 속도로 달리고 있다. 미행을 파악하려면 속도를 늦춰보면 안다. 그런 시도를 하지 않는 것을 보면 아직 모르고 있는 것이다.

구리 시내를 빠져 한적한 길로 접어들자 이상득의 것으로 보이는 BMW도 볼 수 있었다. 물론 운전자는 이상득이 아닐 것이다. 불쌍한 상득이는 어디 트렁크에나 실려 있으려나.

＊　　　＊　　　＊

지연이와 이상득이 납치된 곳을 확인하고 돌아왔다. 놈들은 작은 폐차장으로 이상득을 데리고 갔다. 정신을 잃은 이상득을 폐차장 안으로 끌고 들어가는 것을 내 눈으로 똑똑히 확인했다.

놈들이 이상득을 죽일 생각이 아니라면 감금할 시간은 이틀이다. 이틀이면 이상득이 노곤하게 변하기에 충분하다.

그리고 삼 일이 되면 이상득의 집에서 찾기 시작하기 때문이다. 사람이, 더구나 남자가 하루 이틀은 무단 외박을 할 수 있다고 생각하기 때문이다. 걱정은 하겠지만 경찰에까지 알리지는 않는다.

그러나 삼 일째 연락이 없다면 경찰로 간다. 해서 놈들도 이틀 이상은 감금하지 않을 것이다. 그러므로 우리는 내일 습격하는 게 가장 알맞은 타이밍이다.

지연과는 내일 경찰서에서 만나 함께 가기로 했다.

내일 있을 검거 작전을 위해 일찍 잠자리에 누웠다가 불현듯 문제점이 떠올랐다. 지연의 협조가 꼭 필요한 일이다. 바로 지연에게 전화했다.

생각나면 즉시 행동에 옮기는 이 실천력.

내 장점이다.

따르릉. 따르릉—

"이게 벌써 처자나? 수습기자가 전화를 빨리 안 받고 뭐하는 거야? 이래서 성공하겠어?"

따르릉. 따르릉—

'어쭈구리!'

벌써 10번째 신호음이 가는데도 받지 않는다. 평소라면 서너 번 울려서 안 받으면 끊었겠지만 지금은 내가 아쉽다. 니가 이기나 내가 이기나 해보자는 생각으로 전화기를 노려보는데 지연의 목소리가 들렸다.

"네, 편파일보 안지연 기잡니다."

'얘가 화장실인가? 나라는 걸 알면서도 생뚱맞게 받네?'

"야, 왜, 좀 더 개겨 보지? 그래도 밧데리 떨어지기 전에는 받네."

"말씀하십시오. 듣고 있습니다."

'하아! 옆에 누가 있구나.'

내가 상대의 곤란을 틈타 빈정댈 정도로 몰염치하지는 않다.

"중요한 일이니까 편한 장소로 가서 빨리 전화해."

"알겠습니다. 제가 다시 전화드리겠습니다."

툭.

'헤에! 얘는 어떻게 사무적인 목소리가 더 나긋나긋하냐.'

따르릉따르릉.

10분도 채 되지 않아 전화벨이 울렸다. 지연이다.

"아깐 어딘데?"

"사수한테 보고하고 있었어. 무슨 일인데?"

"어, 그거. 생각해 보니 이왕 밀어주는 거 화끈하게 밀어주는 게 낫겠다는 생각이 들어서."

내가 아쉽다고 바로 티를 내는 사람은 하수다. 그런 사람은 장사를 하거나 영업직에는 어울리지 않는다. 이럴 때일수록 상대를 위한다는 뉘앙스를 팍팍 풍겨야 한다.

상대의 입에서 먼저 나오게 하면 달인이라고 볼 수 있다. 그런데 손뼉도 마주쳐야 소리가 난다고 상대가 지연이라 그냥 내가 풀어나가야 했다.

"뭘?"

"이상득 사건. 완전히 너 띄워주려고. 왜, 싫으냐?"

"어떻게?"

'흐흐!'

태연을 가장하지만 목소리 톤이 올라갔다. 남자든 여자든 인정받고 싶은 것은 마찬가지다. 직장에서 인정받고자 하지 말아야 할 짓도 하는 세상이 아닌가.

미끼를 문 지연에게 해야 할 일을 자세히 알려줬다.

"잘 알았지?"

"그러니까 내가 이상득을 취재하다 납치를 알게 돼서 너에게 알렸다고 하라고?"

"그렇지. 니가 다 차린 밥상에 우린 숟가락만 놓은 거야. 알았지?"

"…왜 그러는 건데?"

'아니, 얘가 갑자기 평소 갖지 않던 의문을? 다 지한테도 좋은 일인데 평소대로 달려와서 덥석 물지 않고.'

평소와 다른 지연의 태도에 잠이 확 달아났다.

'어휴! 그래도 내가 아쉬우니까 살살 달래야지.'

"일단 니가 잘돼야 나도 덕 좀 볼 거 아냐. 난 한번 매스컴 탔으니까 됐고, 쓰는 김에 우리 반 얘기나 잘 써줘. 그런 게 다 진급에 도움된다."

'아! 제발 지연아, 더 이상 의문을 표하지 말고 평소대로 미끼를 물어라. 너 원래 그런 애 아니잖아.'

반의 지원을 받는 것까지는 좋은 일인데 수사 과정에 문제가 있기 때문에 지연과 입을 맞춰야 했다. 범죄자에게도 인권이 있고 우리는 민주 경찰이기 때문이다. 민주 경찰, 이거 더러워서 못해먹는다.

특히 함정 수사나 기획 수사는 심각한 상황을 초래한다. 한마디로 범인을 잡아도 욕을 바가지로 먹는다는 말이다. 이미 바닥을 기는 공신력이지만 똥칠을 하고 여러 사람 옷 벗어야 할지도 모른다.

나야 언제든지 옷 벗고 갈아입으면 되지만 여우같은 형수와 토끼 같은 조카들이 있는 김 경사는 문제가 심각하다.

뭐가 그렇게 큰 문제냐고?

내가 경찰이기 때문이다. 일단 범죄 행위가 발생할 것이 충분히 예견되는 상황을 방치한 점이 문제다. 이상득의 납치를 사전에 막지 않고 방관한 것이 가장 큰 문제다. 그 다음은 납치 현장을 알고도 하루를 방치한 점이다.

경찰은 법을 수호하는 자다. 그래서 사람들은 더 엄격한 잣대를 가지고 평가한다. 범인을 잡기 위해서라도 함정 수사나 기획 수사는 결코 용납되지 않으며 용납되어서도 안 된다. 악용될 소지가 있는 것은 애초에 금해야 하기 때문이다.

그런 이유로 내가 초기 단계에서부터 수사를 한 사실을 감추어야 한다. 다행히 지연이 기자이고 공범이기에 이렇게 협조를 구하는 거다.

그렇게 하고도 찔리지 않느냐고?

나 얼굴 두껍다. 그리고 알지 않냐? 나 민주 경찰 아니라는 거. 난 경찰의 탈을 쓴 또 다른 범죄자다.

아! 그렇다고 겁내지는 마라. 내 범죄의 대상은 범죄자일 뿐이다. 일단은 법으로 해결하자는 것이 내 원칙이다. 그러나 가끔 심정적으로 용서가 안 되는 사건이 있다. 그리고 법이 해결하지 못하는 사건이 있다.

그것들을 내 기준에 맞게 처리하기 위해서는 법을 잊어야 할 때가 있다는 뜻이다. 그렇다고 내가 알량한 영웅 심리를 가지고 하는 일은 아니다.

영웅이 되고 싶은 생각도 없고 그럴 만한 인성을 지니지도 못했다. 내가 원하는 건 단 하나, 죽을 때 편안히 후회없이 죽고 싶다. 또다시 누군가의 총에 맞아 후회를 남기며 죽고 싶지 않다는 말이다.

그래서 지연이가 협조를 해야만 한다는 말이다.

"알았어."

대답은 하면서도 뭔가 미심쩍어하는 느낌이다.

'아! 내가 지연이를 너무 우습게봤구나.'

나와 조금 어울렸다고 슬슬 나를 파악하고 있는 모양이다.

'좋아!'

그렇다면 오늘부터 너를 C급으로 한 단계 상향 조정해야겠다. 참고로 순위는 A, B, C, D 네 단계다. 그중 마담인 은영이 B급이다.

"그럼 내일 서에서 보자. 실수하지 말고 잘해야 해? 잘 자라."

"그래, 내일 보자."

'일단 급한 불은 껐나? 이제 내일 몸빵만 남았네? 상득아, 너도 잘 자라.'

좋은 꿈 꾸란 소리는 못하겠다. 아마 꿈을 꿀 만한 상황이 아닐 것이다.

　　　　　＊　　　＊　　　＊

철컹철컹.

야구 방망이, 철봉, 목검 등등, 강동서 주차장 한곳에서 봉고차에 싣고 있는 물건이다. 이곳이 경찰서가 아니고 봉고차에 파란 줄무늬가 없었다면 조폭들의 행사라고 생각할 만한 광경이다.

오늘 상대가 폭력배가 분명하니 이 정도 준비는 필수다.

'나 참, 총 놔두고 뭐하는 짓인지……'

하지만 이게 대한민국 경찰의 현주소다. 총 한번 잘못 쏘면 줄줄이 징계에 매스컴이 난리를 피운다. 그래서 아예 총은 잊고 산다.

그렇다고 회칼에 각목, 야구 방망이를 휘두르는 놈들과 맨몸으로 붙을 수는 없다. 맨몸으로 갔다간 다 골로 간다. 우리는 평범한 경찰이지 표도르가 아니다. 놈들이 회칼이라면 우리도 야구 방망이 정도는 휘둘러 줘야 한다.

두 대의 봉고차에 나누어 싣고 출동 준비를 마쳤다. 새로 산 옷을 입고 지켜보던 민 반장이 반원들에게 결연한 표정을 지으며 지시했다.

"다 실었으면 출발하지!"

"예, 반장님."

"안 기자는?"

"저쪽에……."

"잘 따라오라고 전해. 현장은 위험하니까 조심해야 해."

"예, 그렇게 전하겠습니다."

새 옷에 굳은 표정. 다 이유가 있었다. 민 반장뿐만 아니다. 모두 평소에 입던 옷차림이 아니다. 범인을 검거하러 가는지 영화 촬영을 하러 가는지…….

'에휴!'

내가 이런 사람들을 먹여 살려야 한다.

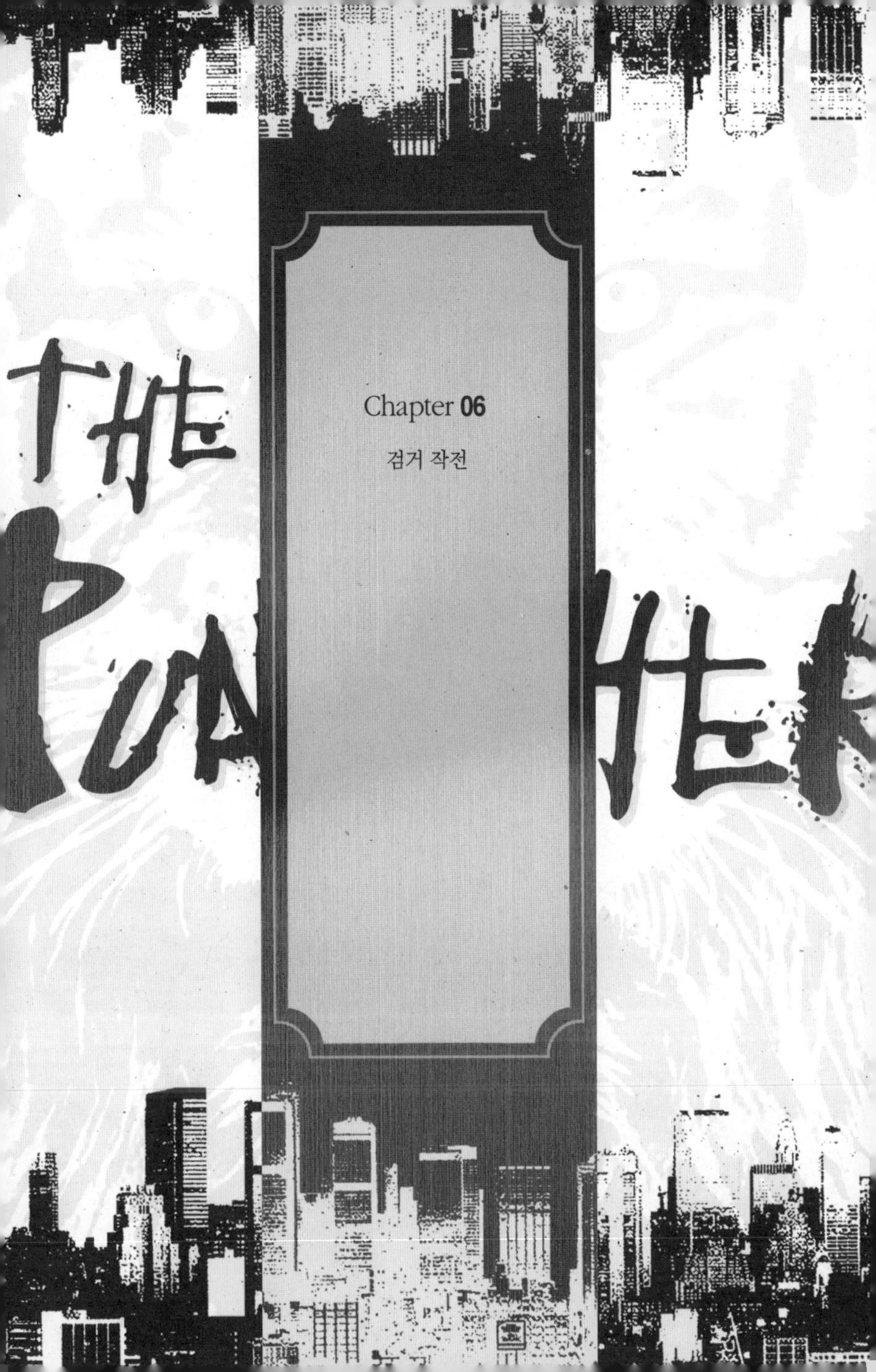
THE PUNISHER
Chapter 06
검거 작전

부우웅! 부웅!

두 대의 봉고차와 지연과 기자를 실은 승용차는 강동서를
빠져나가 구리를 향해 달렸다. 선두에는 제보자인 지연이가
타고 있는 신문사 차가 섰다.

끼익! 끼이익!

이상득이 잡혀 있는 폐차장에서 조금 떨어진 곳에 차를 세
웠다. 대부분의 범죄는 인적이 드문 곳에서 벌어진다. 이곳
또한 인가와는 조금 떨어진 곳이다.

"얼마나 있을까?"

"많아야 다섯 아니겠습니까? 일반인 하나 납치하는데 많은

인원을 동원했겠습니까?"

민 반장이 폐차장을 보며 중얼거리자 김 경사가 대답했다.

"김 경사는 안 기자하고 여기에 있어. 아직 몸도 다 낫지 않았잖아."

"예, 그렇게 하겠습니다."

수술 자국이 아직 완전히 아물지 않은 김 경사를 차에 남길 생각인 듯했다.

'그러나 지연이가 과연 남으려고 할까?

"반장님, 저는 함께 가요. 제가 제보했으니까 끝까지 볼 권리가 있다고 생각해요."

내 예상을 절대 배신하지 않는 지연이다. 쟤는 예상하기 쉬워서 좋다.

'역시! 그런데 뭔 권리씩이나. 그냥 간다고 하면 되지.'

"놈들이 반항하면 위험합니다. 사진 기자만 따라오게 하고 여기서 기다리십시오."

"괜찮아요. 형사님들이 일곱 분이나 계신데 별일있겠어요? 그리고 만일 제게 무슨 일이 생긴다고 해도 절대 책임은 묻지 않겠어요."

"그래도… 조금 떨어져 있어야 합니다. 한 형사, 친구분 다치지 않게 잘 보살펴 드려."

"예? 제가요?"

"자네 친구라며? 자네가 보호해."

민 반장도 지연과 길게 얘기하고 싶지 않은가 보다. 내게 맡기고 반원들을 지휘했다.

"박 형사가 전 형사와 후문을 막아. 나머지는 전면으로 들어가지. 자, 어서 장비 챙겨."

"예, 반장님."

박 경사와 전 경장이 방망이를 하나씩 들고 먼저 움직였다. 뒤로 돌아 후문으로 들이닥칠 계획이다.

두 사람이 사라지고 10여 분이 흐른 뒤 민 반장이 우리를 이끌고 폐차장을 향해 다가갔다. 선두는 권총을 뽑아 든 민 반장이 서고 그 뒤로 이 경장, 홍 경장, 그리고 나와 지연이, 사진 기자의 순서다.

'어! 이것 봐라!'

폐차장에는 어울리지 않는 고급 승용차가 네 대나 있었다. 하나는 이상득의 BMW고 두 대는 국산 중형차, 그리고 벤츠가 한 대 있었다.

차를 보는 순간 횡재했다는 감이 왔다. 아무래도 김용석이 와 있는 것 같다. 폭력 교사에 현장범으로 체포하면 빠져나올 구멍이 없다. 하지만 마냥 좋아할 일만은 아니다.

김용석이 왔다면 폭력배들의 두목이 있기 쉽다. 김용석 정도 고객이면 VIP다.

조폭도 고객에 대한 서비스를 하지 않으면 살아남기 힘들다. 아무리 허접한 의뢰라고 해도 VIP 고객이라면 그에 걸맞은 인물이 나온다. 김용석이 전국구를 고용하지 않았다면 두목이 나왔을 것이다.

작은 조직이라도 두목이 뜨면 따라붙는 똘마니들이 있다. 허세에 살고 허세에 죽는 것이 조폭이라는 양아치들 아닌가. 잘못하면 우리가 쪽수에서 밀리는 경우가 생긴다는 뜻이다.

우리는 전부 여섯.

그중에서 민 반장은 아무래도 도움이 될 것 같지 않으니 다섯이다. 중형차가 두 대였으니 무조건 여섯은 넘는다.

'아! 제기랄!'

아무래도 오늘 무리해야 할 것 같다.

나도 차를 보는 것만으로 추측할 수 있는데 너구리 민 반장이 모를 리 없다. 의기양양하던 안색이 굳어지며 걸음을 멈춘다. 놈들이 있을 것이라 짐작되는 컨테이너 박스를 보며 말한다.

"쳐들어가는 건 안 되겠어. 서너 명이 아닌 것 같아. 포위만 하고 서에 지원 요청해. 기자들 뒤로 물리고."

민 반장의 말에 이 경장이 차에 있는 김 경사에게 무선을 보냈다.

치지직.

"김 형사님, 놈들이 생각 밖으로 많은 것 같습니다. 저희들이 포위하고 있을 테니 서에 지원 요청해 주십시오."

―알았어. 조심해.

민 반장의 빠른 판단이 빛을 보는 듯했다. 그러나 상황은 뜻대로 되지 않았다.

서에서 이곳까지 바로 출발한다고 해도 30분 이상 걸린다. 그리고 컨테이너 박스 안의 놈들이 우리를 발견했다.

지금 우리가 있는 곳은 컨테이너 박스와 30미터 정도 떨어진 곳이다. 손에는 야구 방망이와 철봉 등의 흉기를 들고 말이다. 바로 습격할 생각으로 은폐하지도 않은 채 똑바로 걸어왔으니 놈들의 눈에 안 띄면 그게 더 이상한 거다.

"에이, 씨팔! 모두 조심해! 꼼짝 마! 너희들은 포위됐다! 모두 두 손 머리 위로!"

민 반장이 상소리와 함께 앞으로 나서 권총을 겨누며 소리쳤다. 튀어나오던 서너 명의 깍두기가 잠시 움찔거렸다. 그러나 그것도 잠시일 뿐이다.

"짭새다! 보고해!"

맨 앞에 나오던 놈이 민 반장의 손에 들린 권총을 보고 소리를 질렀다. 그러자 우르르 컨테이너 박스 안으로 들어간다. 그리고 곧 다시 우르르 튀어나왔다. 손에 제각기 연장을 든 채로 말이다.

놈들도 우리가 총을 쏘지 못한다는 것을 잘 안다. 쏴봐야 공포탄이다. 그것도 놈들을 겨누고 쏘면 안 된다.

아직 두목이나 김용석, 이상득은 보이지 않았다. 놈들의 생각은 뻔하다. 깍두기들이 몸빵을 하는 동안 도망갈 생각이다.

난 딱 두 놈만 잡을 생각이다. 처음에 '짭새'라고 소리친 놈하고 김용석이 딱 두 놈이다.

'새끼, 내가 젤 싫어하는 소리가 짭샌데……'

짭새, 짭새, 새…….

새는 머리가 나쁘다. 왜, '새대가리'라는 욕도 있지 않나? 그래서 민중의 지팡이만큼 싫다.

놈들의 반응에 민 반장이 뒤로 물러서며 허공을 향해 공포탄을 쏘고 소리쳤다.

탕!

"잡아!"

부웅! 휘이익!

"꼼짝 마! 새끼들아!"

이 경장과 홍 경장이 몽둥이를 휘두르며 놈들을 덮쳤다. 깡패보다 더 깡패다운 패기다. 그런데 몽둥이를 휘두르며 꼼짝 말라면 누가 서겠는가?

'그러나 쪽수로 밀리는데……'

아무래도 나도 도와야 할 것 같다. 움직이려니 지연이가 신경 쓰인다.

"지연아, 넌 뒤로 빠져 있어."

"으, 응. 알았어! 조심해!"

"걱정 마! 내가 있잖아!"

'자식, 여자는 여자네.'

급변하는 상황에 새파랗게 질린 얼굴로 정신없이 고개만 끄덕인다.

난 민 반장의 지시대로 지연을 보호하고 있을 수만은 없게 되었다. 역시 쪽수에서 밀린다. 당장 튀어나온 놈만 다섯이 다.

두려움에 떨고 있는 지연의 손을 꽉 잡아주고 놈들을 향해 뛰며 민 반장에게 소리쳤다. 그런 내 손에는 철로 된 짧은 꼬챙이 한 자루가 쥐어져 있다.

나도 사시미라고 하는 회칼이 손에 익지만 형사 체면에 사시미를 들고 설쳐서야 되겠는가. 그래서 비슷한 길이로 골랐다. 정(丁)처럼 생겼는데 뭐에 쓰는 물건인지는 모르겠다.

"민 반장님, 여기 좀 맡아주십시오. 제가 지원하겠습니다."

만일 지연이가 내 여자라면 타인에게 맡기며 곁에서 떠나지 않았을 거다. 세상에 내 부모 처자식, 형제보다 중요한 건 없다. 내 여자 부모형제도 지키지 못하는 놈은 다른 것도 지키지 못한다는 것이 내 생각이다.

동료들이 위험하다고?

'설마 죽기야 하겠냐?

깡패들도 경찰을 죽이면 어떻게 된다는 것을 잘 안다. 아무리 뒤를 봐주는 사람이 빵빵해도 그 조직은 끝이다. 경찰은 경찰을 철저히 보호한다, 비리에서조차도.

내 사람 봐주기는 그래서 나온 거다. 경찰이나 검찰, 판사

등 법을 수호하는 기관의 특징이다.

그리고 마누라와 동료가 함께 물에 빠졌다면 나는 망설이지 않고 마누라를 구한다. 마누라가 해주는 따뜻한 밥상을 오래 받고 싶다.

사람마다 다 생각이 다르니 너무 비난하지 마라. 나는 그런 놈이다.

어쨌든 지금은 위험에 처한 동료를 돕기 위해 가지 않는가.

아는 사람은 알겠지만 과거 야쿠자 최대 조직인 야마구치의 행동대장에 중간 두목까지 한 나다.

그리고 신비로운 백호의 기운까지 받아들여 살갗이 찢어지고 베어지는 부상은 신경도 쓰지 않는다. 이제 놈들은 다 죽었다고 보면 된다.

개인의 능력에 큰 차이가 없다면 이 대 오나 삼 대 오나 밀리는 건 마찬가지다. 우선 쪽수를 맞추는 일이 급하다.

야구 방망이와 같은 둔기로는 뒤통수를 제대로 맞추거나 한 곳을 부러뜨리기 전에는 상대를 완벽하게 제압하지 못한다. 그런데 실제로 그런 곳은 잘 맞지 않는다. 동작이 커서 피하지 때리라고 대주는 놈은 없기 때문이다.

그리고 형사들은 독하게 손을 쓰지 못한다. 단순히 제압이 목적이기 때문이고 사람 자체가 독하지 못하다. 결정적인 순간에 자신도 모르게 조금 사정을 봐주게 된다는 말이다.

하지만 나는…….

‘흐흐흐!’

상상에 맡기겠다.

부웅. 휘익.

“이런 개새끼! 생각하고 있는데 비겁하게!”

휘리릭. 슈욱.

“컥!”

예고도 없이 나를 향해 휘두른 깡패의 각목을 피하고 꼬챙이를 뻗어 놈의 멱을 찔렀다. 회칼이었으면 한 방에 염라대왕과 면담이다. 그러나 칼이 아니라도 견딜 만한 고통은 아니다.

푹. 빠각!

통렬한 고통에 각목을 떨어뜨리며 목을 움켜쥐는 놈의 명치에 또 한 방.

저절로 숙여지는 머리를 무릎으로 걷어 올리며 마무리.

내 삼단 콤보에 깡패 한 놈이 속절없이 무너졌다.

부웅! 퍽!

“윽!”

너무 폼을 잡았던 탓이다. 묵직한 둔탁음과 함께 등이 화끈거렸다. 나는 뒤돌아서며 각목을 휘두른 깡패를 향해 씩 웃어주었다.

‘흐흐!’

이 새끼, 처음 ‘짭새’ 라고 소리친 놈이다.

"퉤! 새끼, 어디 한 번 짭새 부리에 쪼여봐라!"

꼬챙이를 이리저리 흔들며 느릿하게 걷는 척하다 바로 눈을 찔러갔다. 그러나 이건 페인트. 내가 노리는 곳은 역시 목젖이나 명치다.

사람은 눈으로 뭔가가 날아오면 무의식중에 눈을 감거나 손으로 보호한다. 싸움 중에 눈을 감지는 않을 테니 손이 올라간다. 그러면 명치는 자연히 빈다. 이곳에 충격을 받으면 호흡 곤란으로 순간적으로 머리가 텅 비게 된다. 그때 이어지는 연타는 놈을 간단히 땅바닥으로 인도한다.

슉! 퍽!

"컥!"

퍽퍽! 퍽! 투닥투닥!

쓰러진 놈을 개 패듯이 두들겼다. 마무리로 무릎 관절을 힘껏 밟아줬다.

우드득!

"끄아악!"

'아프지? 많이 아플 거다.'

다리가 부러지고 멀쩡하면 사람도 아니지. 그래서 입조심해야 한다. 경찰, 그것도 나처럼 뒤끝있는 사람에게 밉보이면 저만 손해다.

'이제 3 대 3인가?'

아니다. 이젠 우리가 5다. 뒤로 돌아간 박 경사와 전 경장이 민 반장이 쏜 공포탄 소리를 듣고 합류했다.

덜컹!

그러나 그때,

컨테이너 박스 문이 거칠게 열리며 일단의 무리가 나타났다. 보스의 등장이다. 김용석과 걸레가 된 이상득의 모습도 보였다.

탕!

"꼼짝 마! 움직이면 쏜다! 모두 손을 머리 위에 올려!"

'어휴! 반장님, 아까 못 봤습니까? 그리고 애들이 말을 들을 애들로 보입니까? 제 부모 말도 안 듣는 애들입니다.'

그리고 민 반장은 칼 맞기 전에는 절대 총을 쏘지 않을 사람이다. 아니, 어쩌면 칼에 맞고도 하늘로 쏠지 모르겠다. 그동안 지켜본 민 반장은 보신(保身) 제일주의자다.

보신 제일이면 칼 맞기 전에 쏘지 않겠냐고?

아! 자기 몸뚱이를 위한다는 말이 아니라 처신이 그렇다는 말이다. 지금 자리에 만족하고 그 자리를 잃지 않기 위해서는 칼침 한두 방 정도는 맞을 위인이다.

그러니 총을 쏘겠냐?

쏘면 이유야 어떻든 지연이 같은 언론이 떠든다. 그렇다고 정당방위를 징계하지는 않지만 윗대가리들의 따가운 눈총을 피하기는 어렵다. 차라리 죽지 않을 정도면 칼침 맞는 게 속 편하다. 그리고 민 반장은 충분히 그럴 사람이다.

그리고 양아치야 그런 사실을 몰라 총을 겁내지 조금이라
도 조직의 물을 먹은 놈들은 쏘지 못한다는 것을 안다. 지금
저놈들처럼 말이다. 놈들은 민 반장의 경고를 무시하고 차를
향해 달려가고 있었다.

범인들은 형사나 경찰을 만나면 일단 대항하기보다는 도
주를 택한다. 죄지은 놈의 양심이랄까. 아무튼 무의식적으로
행해지는 행동이다. 그리고 현명한 행동이다. 성공하기만 한
다면 말이다.

도주에 성공하면 현행범으로 잡히는 것과는 차이가 크다.
그리고 변호사를 사든 뒷줄을 대든 방법을 찾을 수 있다.

하지만 현행범은 빼도 박도 못한다. 그래서 영화에서 나오
듯이 유리한 쪽수를 가지고도 일단은 도주를 택한다.

하지만 이 불쌍한 똘마니들은 다르다. 두목의 도주를 위해
제 한 몸을 바친다. 그러면 두목이 뒤를 봐줄 것이라고 믿는
다. 그러나 제 코가 석 잔데 똘마니 봐줄 정신이 있겠는가?

조직에 버림받고 나한테 사람 취급도 못 받는다. 지금처럼
말이다.

"비켜! 이 새끼들아! 반장님! 타이어!"

부웅! 휘익! 퍽! 퍽!

"컥!"

탕! 탕! 탕!

너구리답게 민 반장은 바로 내 말뜻을 깨닫고 타이어를 쐈

다. 비싼 벤츠부터 쏜 걸 보니 단단히 열받았나 보다.

'하긴, 그렇게 무시당하고 괜찮으면 지가 부처지 사람이
냐.'

난 한 마리 백호가 되어 똥개들을 쫓았다. 총알은 적고 타
이어는 많다. 그리고 한 발에 하나씩 맞춘다는 보장도 없다.
일단 도주를 저지하고 뒷일은 나중에 생각해야겠다.

'정의는 승리한다는데 설마 지겠어?'

김용석과 그 옆에 있는 두목으로 보이는 놈을 향해 일직선
으로 달렸다. 한 손에는 꼬챙이를, 입으로는 쌍욕을 하면서
말이다. 목젖이고 명치고 닥치는 대로 쑤셨다.

휙휙. 푹. 푹.

놈들은 내 스트레스 해소용 샌드백이다. 경찰은 함부로 주
먹을 휘두를 수 없는데 지금은 업무 중 아닌가. 폭력이 공식
적으로 인정되는 몇 안 되는 기회다. 그동안의 스트레스를 이
때 해소해야 한다.

무슨 스트레스?

힘 있는 놈이 안 쓰고 감추는 일도 스트레스다. 내 몸에 있
는 백호의 기운 말이다.

놈들은 이미 두 명이, 아니, 이제 세 명이 누웠고, 이 경장
과 홍 경장은 박 경사와 전 경장의 합류로 한 명씩 잡고 드잡
이 중이다. 그 정도는 이겨주겠지.

'이거 너무 튀는 거 아냐? 에이, 일단 잡고 보자.'

벌써 내 손에 세 명이 쓰러졌으니 발군의 실력을 발휘하고 있는 셈이다. 힐끗 뒤돌아보니 지연은 존경의 표정을, 민 반장은 감탄의 표정을 짓고 있다.

번쩍번쩍.

지연과 함께 온 사진 기자는 직업정신이 투철한 사람이었다. 이 와중에도 벌벌 떨고 있는 지연과 달리 열심히 플래시를 터뜨리고 있다.

'나만 찍지 말고 다른 사람도 찍으라고!'

민 반장의 타이어 사격으로 놈들이 차량으로 접근하지 못했다. 빗나간 총알에라도 맞으면 지들 손해기 때문이다. 그러고 보면 민 반장도 도움이 되긴 했다. 나는 놈들에게 다가서며 체포 이유를 고지했다.

"김용석, 꼼짝 마! 너를 납치와 폭력 교사 혐의로 체포한다!"

김용석은 자신의 이름이 불리자 주춤주춤 물러서던 걸음을 멈추고 고개를 떨어뜨렸다. 형사들과 드잡이 중인 똘마니들이 하나둘 쓰러지자 더 이상의 반항은 무의미하다고 생각한 것이다.

찰칵찰칵.

민 반장은 반원들이 김용석과 이상득, 그리고 깡패들이 손에 수갑을 채우자 김 경사에게 무전을 보냈다.

"김 경사, 상황 끝났어. 지원 연락했나?"

─예, 반장님.

"일단 차 한 대 끌고 이리 와, 놈들을 싣고 여기서 기다리자고."

─알겠습니다, 반장님. 수고하셨습니다.

무전을 끝낸 민 반장이 내게 다가오며 물었다.

"한 형사, 검도 했어? 대단하던데?"

"예, 백호검법을 조금……."

'쩝! 검도는 무슨 검도.'

그렇다고 사실대로 말할 수도 없어 대충 둘러댔다. 민 반장은 감탄했다는 듯 고개를 끄덕이며 나를 다시 쳐다본다.

'아, 괜히 말 잘못해서 검도 고수로 소문나는 거 아냐?'

"수고했어. 다친 사람 없나?"

내 어깨를 두드려 주고 반원들에게 물었다. 하지만 다친 사람이 아니라 안 다친 사람을 찾아야 할 것 같다. 맞은 자리는 싸울 때는 느끼지 못하지만 끝나고 나면 욱신욱신 쑤셔온다. 그래도 심한 부상은 없는 듯하다.

수갑을 다 채운 반원들은 모두 주저앉아 담배를 꺼내 문다. 나는 지연의 곁으로 다가가 손을 잡아주었다. 아직도 놀란 가슴이 가라앉지 않는지 떨고 있다.

"다 끝났어. 이런 거 처음 보냐?"

"……."

"그래, 안 보고 사는 게 좋지만 너도 직업이 그러니 어쩔 수 없잖아. 익숙해지도록 노력해.”

지연은 힘없이 고개만 끄덕인다. 하긴 이런 일이 처음이 아니면 그것도 이상한 거다. 위로의 말을 건네며 슬쩍 끌어당겨 봤다.

‘얼쑤!’

얘가 기다렸다는 듯 안겨온다.

‘쩝! 이거 괜히 장난 한번 했다 밀어낼 수도 없고……’

그냥 순수한 마음으로 안아줄 수밖에. 순수한 마음으로 말이다.

‘그런데 가슴을 압박하는 봉긋한 이게 그거 맞나?’

*　　*　　*

“여어! 한 형사, 대단했다며?”

“검도는 얼마나 한 거야?”

“야, 보기보다 다른데?”

누군가 자고 일어났더니 스타가 되었다고 했다. 내가 그렇다. 그새 내 활약상이 강력계, 아니, 강동서에 쫘악 퍼졌다. 만나는 사람마다 신기한 눈으로 다시 한 번 쳐다보고 간다.

“뭘요. 별거 아닙니다.”

벼는 익을수록 고개를 숙인다고 했다.

별꼴이라고?

그럼 이런 상황에서 나 잘났네 하고 목에 힘줘서 욕먹을 일 있냐?

우리 반은 민 반장만 나와 있었다. 어제 새벽까지 조서를 꾸미고 아침에 들어갔다. 내가 이제 교대로 나온 셈이다.

"반장님, 다들 괜찮습니까?"

"파스 붙였으니 괜찮겠지. 취조실에 박 경사 있으니까 교대해 줘."

"예, 반장님."

조사실로 향하려는데 민 반장이 다시 불렀다.

"아! 한 형사, 기사 오늘 나오는 거 아냐?"

그러고 보니 민 반장 손에 있는 신문은 지연이네 신문사 신문이다.

"기소해야 나오지 않겠습니까?"

"그럴까?"

"예, 걔네 신문에 못 실으면 다른 신문에라도 실어준다고 했습니다. 걱정 마십시오."

"걱정은 무슨. 어서 가서 교대해 줘."

이상득이나 김용석이 유명인사가 아니라서 그렇다. 그래도 흥미진진한 복합 범죄라 충분히 기사거리가 된다. 대충 조사가 끝나고 기소가 들어가면 그때 다룰 것이다. 신문이라고 늘 새로운 소식이 빨리 실리는 것은 아니다.

만일 둘 중의 하나가 유명인이라면 당장에 1면 기사로 실렸을 거다. 그랬다면 지금쯤 민 반장은 축하 전화 받느라 정신없었을 거다.

조사실에서는 박 형사가 꾸벅꾸벅 졸고 있었다.

"박 형사님, 수고하셨습니다. 어때요?"

"어, 나왔어? 온몸이 쑤셔. 사우나 갔다 들어가야겠어. 김 경사는?"

"곧 오시겠죠. 가서 쉬세요. 놈들은 어때요?"

"변호사 오면 말한다고 하지, 뭐. 있는 놈들은 저래서 피곤해. 누가 없는 말 하라고 하나? 새끼들 민주 경찰을 뭐로 보고 말이야."

'흐흐흐, 그래서 민주 경찰이 아닙니다. 밤새 안 재우고 조사한 사람이 할 말이 아니잖습니까?

그런데 검거한 날 밤을 새우며 조서를 꾸미는 이유가 있다. 피의자 구속 기간과 체포영장 발부를 위해서다.

현행범으로 체포하면 48시간 안에 판사에게 영장을 청구해 발부받아야 한다. 만일 그렇지 못했다면 즉시 석방해야 한다. 그리고 한번 석방하면 같은 죄로는 다시 구속하기가 어렵다. 물론 다른 중요한 증거가 발견되는 경우는 가능하다.

뭐, 때에 따라서는 놈이 미워서 그럴 수도 있다. 경찰도 사람이니까 말이다.

"아무 말도 안 해요?"

"응, 병원에 실려 간 놈이 깨어나야 될 것 같아."

이상득은 걸레가 되어 바로 병원으로 실려 갔다. 들리는 말에 의하면 앞으로 남자구실 하기 어려울 것이라고 한다.

김용석은 자신과 비슷한 취미를 가진 동료를 심하게 다룬 것 같다. 아마도 한혜진을 만난 것이 김용석을 화나게 한 게 아닌가 싶다.

김용석이 그 일은 잘해줬다는 생각이다. 내가 할 일을 대신해 줬으니 말이다. 이제 이상득을 잘 어르고 달래서 김용석이 옭아매는 일만 남았다. 빨리 신문으로 삼십대 L씨, K씨의 적나라한 사건 소식을 보고 싶다.

박 형사가 퇴근하자 난 유치장에 있는 김용석을 불러냈다. 뭐 딱히 할 말은 없고 놈이 편히 있는 꼴이 보기 싫어서다. 유치장에서야 수갑도 풀어주고 편히 쉴 수도 있다. 조사실에서도 수갑을 풀어주지만 그건 어디까지 담당 형사의 재량이다.

원래 심정적으로 불쌍하게 생각하는 피의자는 조사실로 불러 커피도 주고 담배도 피우게 한다. 그래서 담배를 피우지 않는 형사도 조사실로 갈 때는 담배와 라이터를 챙겨간다. 물론 그것도 담담 형사를 잘 만나야 한다.

똑똑.

끼익.

노크 소리에 문밖을 보니 수갑을 찬 김용석이 유치장 경관의 인도로 조사실 문 앞에 서 있다.

철컹.

“수고 많습니다. 수갑 열쇠는?”

“여기 있습니다. 그럼 수고하십시오.”

김용석이 내 얼굴을 확인하고는 흠칫하고 한 걸음 뒤로 물러선다.

‘그런데 어쩌냐?’

물러나 봐야 조사실 안인데.

‘흐흐, 놈!’

내 활약상이 뇌리에 선명히 새겨졌을 거다.

‘하지만 쫄지 마라. 설마하니 조사실 안에서 때리겠냐? 나 그렇게 미련한 놈 아니다.’

이런 놈 구타하면 변호사에게 미주알고주알 다 일러바친다. 그러면 애써 잡은 놈 풀어줘야 한다.

놈에게 씨익 친근한 미소를 흘려주고 박 경사가 꾸며놓은 조서를 들추며 물었다.

“김용석 씨 맞습니까?”

“……”

‘새끼, 이름은 말해도 돼! 니가 나랑 얘기하기 싫으면 나도 방법이 있지.’

담배를 하나 꺼내며 물었다.

“김용석 씨, 담배 피웁니까?”

“…예.”

김용석은 내가 꺼낸 담배를 힐끗거리며 대답했다. 벌써 반

나절 이상 담배를 피우지 못했을 테니 엄청 당길 것이다. 내키지는 않아도 담배를 피우고 싶어 어쩔 수 없이 대담한 기색이 역력하다.

척. 화륵.

"잘됐군요. 이번 기회에 끊도록 하십시오. 아무리 피의자라도 비흡연자 앞에서 피울 수는 없지 않습니까? 난 당최 끊을 수가 없어서……. 후우!"

치사하다고?

맞다. 원래 먹는 거 같고 이러는 게 제일 기분 상한다. 아무리 잘사는 놈도 감방에 들어가면 고추장, 컵라면 하나에 울고 웃는다.

담배?

담배도 여기가 마지막이다. 검찰에 송치돼 구치소로 넘어가면 구경도 못한다.

난 한 시간 정도 김용석을 잡아놓고 세 대의 담배를 피우고 돌려보냈다. 이번 사건은 박 경사와 김 경사가 맡아 내가 조서를 꾸밀 필요도 없었다. 그리고 난 성격이 과격해 마주 앉아 화를 삭이며 조서를 꾸밀 자신도 없다.

영장 청구를 마친 김 경사와 박 경사는 지연이 보내준 자료와 증거물 정리에 여념이 없다. 사무실에 있어봐야 심부름만 할 것 같아 슬며시 빠져나왔다.

파트너가 사무실에 있으니 마땅히 갈 곳도 없다. 이상득이 입원한 곳에 들를 생각이었으나 아직 정신을 차리지 못했단다. 할 수 없이 지연을 불러 생색이나 내며 밥이나 얻어먹으려 했다.

그런데 하필이면 지연도 이상득에게 당한 피해자를 만나고 있었다. 내가 할 일을 대신 열심히 하는 애를 불러낼 정도로 뻔뻔한 놈은 아니다. 지연에게 수고와 격려의 말을 남기고 전화를 끊었다.

"에이, 오늘 일진이 왜 이래? 되는 일 하나 없네. 뭐하지? 양심상 집에 가서 잘 수는 없고 잤다가는 퇴근 시간에 일어나지도 못할 테고 말이야. 하아! 다시 서에 들어가기는 싫고 오라는 데는 없고, 오늘 완전히 새됐네."

이럴 때 보통의 비리 형사는 수금을 다닌다, 아니면 사우나를 가든지. 하지만 나는 아직 거래처가 없다. 그리고 사우나는 내가 피한다.

'쩝! 사우나 가면 사람들에게 공포심을 주니 갈 수가 있나.'

원래 사우나에 문신이 있으면 입장을 거절한다고 쓰여 있다. 하지만 어느 목욕탕 주인이 깡패에게 나가라고 하겠는가? 다 들어간다. 하지만 나는 깡패가 아니고 경찰이라 내가 피한다. 얼마나 모범 시민에 국민을 위하는 경찰이냐? 나 같은 사람 없다.

"에이! 우범 지역 순찰이나 돌자."

결국 일하기로 했다.

'아! 이래서 사람은 대인관계가 좋아야 한다. 이럴 때 불러낼 친구가 없다니……'

하나 있긴 하는데 걔가 은영이다. 그런데 걔는 지연과 달리 쉬운 상대가 아니다. 뭐 하나 공짜가 없다. 그래서 내가 절대 먼저 연락하지 않는다. 연락하면 지는 거다.

솔직히 우범 지역이 따로 있는 건 아니다. 사람이 많은 곳은 다 우범 지역이라고 보면 된다. 우리 강동서의 관할 중 최고 골칫거리가 천호동이다. 대형 마트나 백화점 등이 들어섰지만 아직 집창촌도 존재하는 곳이다. 그러니 밤낮으로 사람이 몰린다.

그래서 할 일을 잃은 나는 천호동 거리를 헤매고 있었다. 혼자 밥도 먹고 아이쇼핑도 하고 여기저기 참견도 하면서 말이다.

지징, 지징.

"엇!"

가끔 뒷주머니에 꼽은 전화기 때문에 깜짝 놀란다. 넋 놓고 있을 때 진동이 오면 나도 모르게 움찔할 수밖에.

"어! 은영이네."

'흐흐, 전화 안 하길 잘했다. 오늘은 뭘까? 수정이 말고 딴 애도 보고 싶은데.'

음흉한 웃음을 흘리며 벨이 몇 차례 더 울리길 기다렸다.

너무 오래 기다리면 애 성질머리에 그냥 끊으니까 적당
히……．
　‘일곱 번!’
　딸깍.
　“여보세요. 왜?”
　알겠지만 바빠 죽겠다는 목소리다.
　“너 뭐해?”
　앤 언제나 직구다.
　“뭐하긴, 근무 중이지.”
　“잠깐 시간 좀 내.”
　‘낼 수 있어?’도 아니고 ‘내’다. 이건 뭔가 빚 하나 지울 건
수가 생긴 거다.
　“왜? 조금 바쁜데……. 뭐 급한 일이야?”
　“안 급하면 너한테 했겠니? 잠깐 나 좀 만나.”
　“에이! 잠깐만…….”
　잠시 뜸을 들였다. 만일 건너편에서 애가 나를 보고 있다면
지랄 육갑한다고 했을 거다. 하지만 전화가 좋은 게 뭔가. 이
런 조작이 가능하다는 거다.
　“뭔데 그래? 어디로 가면 돼?”
　“먹자골목 근처에 루이스라는 커피숍 있어. 빨리 와야
해.”
　‘헉!’

　수화기를 막고 주위를 둘러보았다. 다행히 은영이는 보이지 않았다.

　'말이 씨가 된다고 가까운 데 있네. 아직 출근 시간까지는 멀었는데 왜 여기 있지?'

　"알았어. 10분 내에 갈게."

　"10분? 너 어딘데?"

　'크!'

　잘 나가다 실수했다. 10분이면 너무 빨랐다. 어색한 변명을 해보지만 여우한테 통할는지…….

　"어, 마침 천호동에 일이 있어 나왔어."

　"알았어. 빨리 오기나 해!"

　'뭐, 아무렴 어때? 지가 아쉬운 건데.'

　가볍게 생각하고 루이스라는 커피숍을 향해 부지런히 걸음을 옮겼다.

　루이스라는 커피숍은 이름과는 달리 다방인지 커피숍인지 구별하기 애매한 곳이다. 싸구려 칸막이로 보아 다방이 아닐까 싶다. 그래도 꽤 넓고 손님은 많아 보였다.

　"오빠! 여기!"

　'엉? 오빠? 뭐지?'

　은영이가 구석 테이블에서 환한 얼굴로 손을 들며 나를 불렀다. 이럴 때 의아한 표정으로 뒤돌아보면 은영을 실망시킨다. 은영의 앞에 시커먼 사내 두 명이 앉아 있지 않은가? 우린 초짜가 아닌 프로다, 프로.

"어, 많이 기다렸어?"

은영의 옆자리에 앉으며 다정스럽게 말을 걸었다. 이건 안 봐도 답 나오는 상황이다.

룸살롱 마담과 깍두기.

웬만해선 공생하기 힘든 구도다. 한쪽이 일방적인 손해를 보는 관계이기 쉽다. 그래도 은영이 정도 강단이면 쉽게 당하지는 않을 텐데…….

털썩.

은영이 옆자리에 주저앉으며 앞에 있는 깍두기의 얼굴을 쳐다봤다.

'응? 낯이 익은데… 저 새끼.'

"너! 한상일!"

원숭이도 나무에서 떨어지고 프로도 실수할 수 있는 거다. 내 목소리가 커서인지 앞에 앉아 거만한 표정으로 나를 쳐다보던 놈이 흠칫한다. 은영은 의아한 얼굴로 나를 쳐다보고 놈은 얼굴이 벌게졌다.

아는 사람이냐고?

내가 놈을 어떻게 잊을 수 있겠냐? 놈은 바로 내 인생을 수렁으로 몰아넣은 원인을 제공한 놈이다. 부끄러운 과거를 생각하고 싶지 않아 지금까지 놈을 찾지 않았다. 그런데 오늘 여기서 만날 줄이야. 정말 오늘 일진이 안 좋은 날이다.

한상일이라는 놈에 대해 말하자면 지금까지 그동안 감췄던 내 과거부터 말해야 한다.

Chapter 07
과거

어릴 때의 나는 상당한 인기인이었다. 아마 친구들 중에서 가장 인기가 좋았을 것이다.

'애들한테는 과자가 최고였으니까.'

우리 집은 서울 변두리에서 슈퍼마켓을 했다.

당시는 대형마트나 편의점이 없었던 시절이고 슈퍼는 꽤 규모가 있어 먹고사는 것은 걱정하지 않았다. 다만 아버님이 지병을 앓고 계신 것이 유일한 근심이었다.

나는 외아들로 태어나 부모의 지극한 사랑과 관심을 받으며 자랐다. 물론 친구들과의 사이도 좋았고 학업 성적도 우수했다. 체격도 보통 이상이며 운동에도 소질을 보여 항상 주위에 친구들이 모였다. 한마디로 요즘 말하는 엄친아라고나 할까?

그러나 인생에는 굴곡이 있기 마련이다. 그런 진리는 나에게도 찾아왔다. 파란만장한 내 인생의 서막이 오른 것은 중3이 되어 처음으로 여자 친구를 사귀면서였다.

인생에 어머니 아닌 여자가 들어서며 내 평안한 삶에 마가 끼기 시작했다. 아마 이때부터 항상 여자가 개입되면 인생이 꼬였던 것 같다.

내가 다니던 학교는 중, 고등학교가 같은 재단이며 한 울타리 안에 있다. 주변에 인문계 고등학교는 그곳밖에 없어 중학교 졸업하면 대부분 같은 고등학교로 진학한다.

좋았던 점은 주변에 여학교가 세 곳이나 된다는 일이다. 졸업할 때까지 여친 하나 못 사귀면 뒈질 때까지 여자와는 연이 없다는 전설이 있을 정도다.

한창 이성에 대한 호기심이 강할 중3 때 그녀를 만났다. 그녀는 내가 다니던 학교 주위의 여학교 학생으로 몸치장에 신경 쓰는 것으로 보아 평범한 여중생은 아니었다. 그러나 모범생인 나는 오히려 그 점이 더 좋았다.

그런데 그녀에게는 우리 학교와 같은 재단인 고등학교에 남자 친구가 있었다. 한마디로 양다리 걸친 거다. 그녀의 남자 친구는 소위 논다고 하는 놈이었다. 요즘 말로 일진이라고 하는 그런 놈이다.

아무튼 그녀가 양다리를 걸친 사실을 곧 그 남자 친구가 알게 되었고, 당연한 수순으로 나는 그에게 심한 구타를 당했다. 그 여자와는 헤어지게 되고 졸업을 앞둔 나는 심각한 고민에 빠졌다.

아까도 말했듯이 내가 사는 곳에서 가까운 인문계 고등학교는 우리 학교밖에 없다. 같은 고등학교로 진학하면 그놈이 졸업할 때까지 2년간 학교생활이 평탄치 않을 것이라는 예감이 들었다. 뭔가 대책을 세워야 한다고 생각했다.

그때 우리 집에 커다란 사건이 벌어졌다. 지병을 앓고 계시던 아버지가 자리에서 일어나지 못하고 돌아가신 것이다. 졸지에 아버지를 잃은 우리 집은 뒤죽박죽이 되었다. 슬픔에 잠긴 어머니의 건강도 급격히 나빠졌다.

지금 와 생각해 보면 두 분은 많이 사랑하셨던 것 같다. 어머니가 그때 왜 그렇게 힘들어하셨는지, 그렇게 빨리 쇠약해지셨는지 이제는 알 것 같다. 내 눈에는 비록 평범한 부부로 보였지만 두 분은 서로 깊이 사랑하셨다.

아버지가 돌아가시자 어머니는 삶의 의욕을 잃으셨다. 그나마 내가 없었더라면 더 빨리 돌아가셨을 것이다. 어머니가 병석에 눕자 질풍노도의 시대를 맞은 나를 제어할 사람이 없었다.

'아!'

중3 때 처음 담배를 피우기 시작했다. 끼가 있는 친구들과 어울린 것도 그때였다. 아마 이때부터 내 회색 성향이 시작된 것 같았다. 중학교를 졸업할 때쯤에는 모범생 친구와 끼가 있는 친구를 모두 가지게 되었다.

그리고 고등학교에 진학해 바로 끼가 있는 친구들을 규합해 14인조라는 불량 서클을 조직했다. 될 성싶은 나무는 떡잎부터 알아본다고 했다. 파죽지세로 3개월 만에 1학년을 정리했다.

그리고 비록 내가 조직한 서클이지만 회장 자리를 고사하고 총무를 맡았다.

왜?

당연하지 않은가? 두목은 잘린다. 걸리면 용서받을 수 없다. 나는 아직 성적도 중위권 이상은 유지했고 원래의 목적은 이미 달성했다. 학교에서 잘리고 싶진 않았다.

'아!

1년 선배인 일진 놈 말이다. 우리 14인조는 1학년을 접수하고 바로 2학년 일진을 쳤다. 물론 우리의 일방적인 승리로 끝나 교내에서 우리를 건드릴 애들은 없었다.

목적을 이룬 나는 유유자적 학교생활을 즐기면 되었다. 괜히 앞장서 책임질 일은 피했다. 그러다가 친구들이 무리수를 두었다. 그냥 두어도 졸업할 3학년을 건드린 것이다. 그것도 11월, 교내에서 말이다.

그 사건으로 나를 비롯한 네 명을 제외하고 열 명이 퇴학당

했다. 남은 네 명은 무사히 졸업할 수 있었으나 이미 환락을 알고 난 후였다.

그게 한상일이라는 깍두기와 무슨 상관이냐고? 네 과거 따위는 궁금하지 않으니 본론이나 말하라고?

기다려라. 이제부터다.

시름시름 앓던 어머니가 고3 때 결국 돌아가셨다. 세상천지에 나 혼자 남겨진 것이다. 외가 쪽의 친척이 있긴 했으나 그다지 왕래가 있진 않았다.

결국 나는 혼자 지냈고, 당연히 대학 입시는 실패했다. 그리고 조폭도 아닌 그 똘마니들과 어울렸다. 그 똘마니가 한상일이다.

놈은 나와 성이 같다는 이유로 내게 친절하게 대해줬다. 나 역시 외로웠던 터라 놈을 따랐다.

그러던 어느 날 그 한상일이 조폭으로부터 청부를 받았다. 말이 청부지 조폭의 강요였을 것이다.

청부는 서인호라는 검사와 관련된 청부였다. 그 조직이 어째서 검사의 살해를 청부했는지는 알지 못한다. 똘마니는 나에게 조폭이 될 수 있는 기회라고 꾀었다.

성공한 뒤 일본으로 건너가면 자리를 마련해 준다며 항공권과 얼마간의 돈도 보여주었다. 나는 그때 팔랑귀였다. 술과 여자에 절어 지내던 당시였고, 세상도 몰랐다. 결국 나는 그 청부를 받아들이기로 했다.

그리고 운명의 그날이 돌아왔다.

*   *   *

지금으로부터 6년 전.

강남의 한 외국계 패밀리레스토랑 앞이었다. 그날은 대입학력고사가 있었던 날로 거리는 수험생과 그 가족으로 넘쳐났다. 이곳도 예외는 아니어서 레스토랑 안에는 수험생과 가족들로 가득했다.

나는 주차장에서 두근거리는 심장을 진정시키며 한곳을 노려보고 있었다. 수험생인 듯한 여학생과 그의 부모로 보이는 중년 남녀. 그중 남자의 얼굴을 노려보고 있었다. 남자가 바로 서인호 검사였다.

'맞지? 맞아! 씨발, 몇 번을 확인했는데. 떨지 마, 대갑아. 눈 꼭 감고 한번 담그면 끝나는 거야.'

그때 나는 사람을 죽인다는 생각에 제정신이 아니었다. 단지 저 남자를 죽여야 한다고 자기 최면을 걸고 있었다. 내 딴에는 내가 나름 강단이 있다고 생각했는데 전혀 그렇지 못했다.

긴장과 초조함으로 주차장을 오가며 연신 레스토랑의 유리창 안을 기웃거렸다. 그날은 꽤 추웠는데 전혀 추위도 느끼지 못했다.

그런 내 점퍼의 주머니 안에는 일본행 티켓과 500만 엔의 현찰이, 품속에는 신문지로 만 회칼이 들어 있었다. 난 오른손을 품속에 넣어 회칼 손잡이를 힘주어 쥐었다.

'씨발, 왜 안 나오는 거야? 다 처먹었으면 빨리 나오지 않고.'

그때 나는 빨리 이 상황이 끝나기만 바랐다. 그러나 대상이 좀처럼 나오지 않아 발만 동동 구르고 있었다.

그리고 당시는 몰랐지만 주차장 근처에는 나 외에도 나를 감시하는 자가 있었다. 혹시 내가 도망치거나 실패할 때를 대비해서였다. 그리고 성공했을 경우에는 나를 처리하기 위해서였다.

마침내 서인호 검사 가족은 자리에서 일어나 계산대로 향했다. 그러자 내 가슴은 한계 이상으로 폭주하기 시작했다.

두근두근. 벌렁벌렁.

"훅! 후우! 후우!"

심호흡을 하며 떨리는 가슴을 진정시키려 했지만 소용없었다. 금방이라도 파열할 듯 쿵쾅거리는 심장의 고동이 귀에 들리는 듯했다.

"하하하!"

"호호호!"

"호호호!"

계산을 마친 서인호 검사 가족은 뭐가 그리 즐거운지 대소를 터뜨리며 주차장으로 나왔다. 단란한 가족의 모습이 부러웠다. 돌아가신 부모님이 그리워지며 '내가 지금 무슨 짓을 하나?' 하고 자책했다.

죄책감에 차마 그들을 마주 보지 못하고 시선을 돌려 주위를 살폈다. 솔직히 나는 도망치고 싶었다.

그때 나를 감시하는 자와 눈이 마주쳤다. 그는 자신의 목을 그어 보이는 동작으로 나를 협박했다. 잔인해 보이는 그의 얼굴에 소름이 확 끼쳤다.

'도망치면 저들이 나를 죽일 거야.'

나는 그제야 현실을 깨닫고 입술을 꽉 물었다. 내겐 처음부터 선택의 여지가 없었다.

'아! 시간이 없다.'

서인호 검사가 주차한 자동차를 향해 가고 있었다. 나는 머릿속이 텅 비어 무작정 그를 향해 뛰었다. 내가 죽을 수 있다는 공포심에 조금 전에 느꼈던 후회와 죄책감은 이미 멀리 사라졌다.

다다다다.

휘익. 푸욱.

"으윽!"

살을 가르는 섬뜩한 느낌에 찔렀던 칼을 놓을 뻔했다. 찌른 후 비틀어 위로 올리라고 했던 말 따위는 기억도 나지 않았다. 칼을 뽑아 정신없이 연신 서인호 검사를 찔렀던 것 같다.

푹. 푹. 푸욱.

"꺄악!"

"끼아악!"

날카로운 비명 소리에 정신을 차릴 수 있었다. 이미 서인호 검사는 복부와 가슴이 선혈로 흥건한 채 쓰러져 있었다. 난 피에 젖은 칼을 들고 부들부들 떨었다. 도망쳐야 하는데 발이 떨어지지 않았다.

그때 곁에 있던 소녀의 슬픈 눈을 보았다.

솔직히 지금도 그녀의 얼굴은 기억에 없다. 하지만 쓰러진 서인호 검사의 곁에 주저앉아 경악에 물든 얼굴로 나를 보았다. 그리고 그녀의 그 커다란 눈망울은 내 심장에 화인(火印)처럼 각인되었다.

슬픔, 증오, 원망.

아니, 그 전부였다.

그녀와 눈이 마주친 시간은 찰나였다. 그러나 그 눈빛이 15년을 줄곧 따라다닐 줄은 그때는 상상도 하지 못했다.

그게 다냐고?

'그럴 리가 있나. 그렇다면 내가 어떻게 경찰이 될 수 있었겠냐?

대한민국은 범죄자가 경찰이 될 만큼 호락호락한 나라가 아니다.

이게 끝이 아니다. 진짜는 지금부터다.

왜 먼저 얘기하지 않았냐고?

당연한 거 아닌가? 원래 주인공은 마지막에 등장한다.

*   *   *

서 검사를 찌르고 어떻게 도망쳤는지는 모르겠다. 그 자리를 피해야 한다는 생각에 정신없이 달렸고, 정신을 차려보니 한상일이 운전하는 차 안이었다. 그리고 내 옆자리에는 현장에서 나를 협박하던 사내가 있었다.

"잘했다. 이제 비행기만 타면 끝이야. 수고했어."

한상일의 칭찬도 귀에 들리지 않는다. 온몸이 사시나무 떨듯 떨리며 그저 멍하니 차창 밖에 시선을 주고 있었다. 창밖의 광경은 하나도 눈에 들어오지 않았고 소녀의 슬픈 눈빛만 떠올랐다.

얼마나 시간이 지났을까. 차츰 정신이 돌아오며 떨리던 몸도 조금씩 진정되었다. 창밖의 풍경이 하나둘 눈에 들어오자 다시 섬뜩한 생각이 척추를 훑고 지나갔다.

'공항 가는 길이 아냐!'

김포공항으로 가야 하는 자동차는 한적한 길을 달리고 있었다. 정신이 확 들었다. 이대로 가면 죽는다고 느꼈다. 나는 살고 싶었다. 오로지 그 생각뿐이었다.

놈들과 시선을 마주치지 않으려 계속 창밖을 보며 생각했다. 결론은 간단했다.

'죽지 않으려면 죽여야 한다.'

나는 이때 이미 정글의 법칙을 깨달은 것 같다.

결론이 나자 몸은 자연스럽게 움직였다. 뭐든 처음이 어려운 거다. 특히 범죄는 더 그렇다. 그래서 한번 발을 담그면 빠져나오기 어렵다.

자동차는 어느새 비포장도로로 접어들었다. 내 손에는 서 검사를 찌른 칼이 아직도 들려 있었다. 다행이었다. 아니, 더욱 경각심이 생겼다. 내가 칼을 들어도 관계없다는 뜻일 테니까.

부우웅! 덜컹덜컹!

한상일이 차내의 룸미러로 힐끔힐끔 나를 살피는 것을 느꼈다. 나는 아직도 멍한 표정을 한 채 기회를 엿보고 있었다. 두 사람은 그런 내 모습에 방심하고 있었다. 아직 내가 살인의 공포에서 벗어나지 못하고 있다고 생각하는 듯했다.

드디어 내가 기다리던 순간이 왔다. 왼쪽으로 구부러진 길이다. 난 칼을 쥔 손에 힘을 주며 마음의 준비를 했다.

휘익.

자동차의 좌회전에 나와 옆자리 사내의 몸도 함께 쏠렸다. 동시에 들고 있던 칼로 사내의 몸을 쑤셨다. 이번엔 조금도 망설이지 않았다. 내 목숨이 달렸으니까.

푹. 푹. 푹.

“크윽!”

어디를 어떻게 몇 번을 찔렀는지 모른다. 선혈이 튀고 몸부림쳤지만 난 아랑곳하지 않고 핏발 선 눈으로 계속 찔렀다. 곧 사내의 반항이 멈췄다.

끼이익.

“뭐, 뭐야? 야, 새꺄! 너 뭐하는 짓이야?”

뒷좌석에서 느닷없이 벌어진 일에 놀란 한상일이 차를 세우며 고함쳤다. 그러나 이미 눈이 뒤집힌 내게는 놈도 마찬가지로 죽여야 할 적이었다.

“개새끼! 너도 똑같아, 새꺄! 죽엇!”

푹. 푹.

“커헉!”

어디서 그런 힘이 생겼는지, 내게도 그런 잔인함이 있었는지…….

나는 한상일의 머리카락을 잡아당기며 목을 찔렀다.

“어… 거걱…….”

한상일의 눈이 허옇게 뒤집히며 가래 끓는 소리로 무언가 말하려 했다. 하나 미처 말을 끝내지도 못한 채 숨을 거뒀다.

한상일이 숨을 거두자 어느 정도 정신이 돌아왔다. 전력으로 100미터를 질주한 것처럼 숨이 가빴다. 핏발 선 눈알이 빠질 듯 아팠다.

“헉! 헉!”

차내는 두 사람의 몸에서 튄 피로 얼룩지고 바닥은 흥건히 젖었다. 가쁜 숨을 몰아쉬자 비릿한 혈향에 구토를 할 것만 같았다. 어서 이 자리를 피하고 싶었다. 차 밖으로 나가려다 멈췄다.

그때 나는 상당히 냉철했던 것 같다. 그때부터 나는 서두르지 않았다. 차에서 내려 이미 숨진 두 사람을 트렁크에 실었다. 이곳에 차와 시체를 버려두고 도망친다면 내일이면 바로 잡힐 게 틀림없다고 생각했다.

그리고 트렁크를 연 순간 내 짐작이 틀리지 않았다는 것을 알 수 있었다.

삽, 곡괭이, 비닐, 갈아입을 옷이 든 쇼핑백.

이것들이 의미하는 것은 뻔한 일이다.

나는 그것들을 보며 묘한 안도감을 느꼈다. 정당방위라고 스스로 위안하며 죄책감을 덜려 했던 것이다.

도주를 위해서라도 차는 꼭 필요했다. 다행히 어두웠고 피는 잘 보이지 않았다. 시체를 트렁크에 싣고 차를 몰아 왔던 길을 되돌아갔다. 큰길이 나와 이정표를 보니 김포공항과는 상관없는 인천이었다.

주차장에 차를 세우고 제일 먼저 한 일은 외투를 벗는 일이었다. 이미 피가 튀어 입을 수가 없었다. 다행히 놈이 준비했던 옷이 있었다. 한밤중의 주차장엔 사람이 없었지만 그래도 주위를 살피며 조심스럽게 옷을 갈아입었다.

비행기 표와 500만 엔의 현찰과 지갑을 챙겼다. 이때 무슨 생각을 했는지 피 묻은 회칼을 닦아 같이 챙겼다. 아마 쫓기고 있다는 강박관념에서 의지할 만한 것이 필요했던 것 같다.

근처 상가의 화장실을 찾아 얼굴과 손에 묻은 피를 대충 닦아내고 사우나에 들어갔다. 목욕으로 혈향(血香)을 완전히 제거한 후 바로 밤 열차에 몸을 실었다.

이번 사건 전이지만 언젠가 한상일이 했던 얘기가 기억났기 때문이다.

"중국은 인천, 목포는 일본이야. 사고치고 뜰 때를 생각해서 알아둬. 중국은 돈은 얼마 안 드는데 물고기 밥이 되기 쉽고 일본은 좀 비싸. 그래도 일본이 낫지."

나는 목포를 향하고 있었다. 어차피 한국에서는 살아갈 수 없는 몸이 되었다고 생각했다. 그렇다고 젊은 나이에 교도소에서 한평생을 보낼 수는 없었다.

그때 나는 목포에서 배만 타면 모든 것이 해결될 것으로 생각하고 있었다. 그러나 목포행은 새로운 시련의 시작일 뿐이었다.

* * *

뿌우웅! 뿌웅!

목포에 도착했을 때는 막 아침이 시작되는 오전 9시였다.

항구 특유의 비릿한 냄새가 코를 찔렀지만 역겹다는 생각을 할 여유도 없었다. 경찰이든 놈들이든 나를 찾기 위한 추적이 시작되었을 것이기에 서둘러야 했다.

살겠다는 집념은 종종 불가능한 일을 가능하게 한다. 술자리에서 한번 흘려들은 이야기를 거의 기억해 낼 수 있었다. 지금도 그렇지만 난 살겠다는 의지 하나는 누구보다 강하다. 그리고 사람이 절박해지면 무엇이든 할 수 있다는 것을 이때 깨달았다.

이상하다고? 첫 살인에 대한 공포와 죄책감은 전혀 없냐고?

그건 웃기는 소리다. 내 목숨이 경각에 달렸는데 무슨 공포고 죄책감이냐. 그것도 내가 살아 있어야 느낄 수 있는 감정이다. 지금 내겐 그런 감정마저도 사치로 느껴질 만큼 절박하다.

아무튼 떠오른 기억을 더듬어 한상일이 말한 유달산이란 선술집을 찾았다.

'황 선장이라고 했던가?'

한상일의 말을 전부 믿는 것은 아니지만 지금 기댈 곳은 그것밖에는 없었다.

지금쯤 신문과 방송에는 어제의 일로 시끄러울 것이다. 겁이 나고 두려워서 신문과 방송을 볼 생각조차도 안 했다. 오히려 그런 매체가 있는 장소는 피했다.

내 머릿속에는 한시라도 빨리 배를 타고 일본으로 가고 싶다는 생각뿐이었다. 나는 일본에 가기만 하면 모든 일이 해결될 것이라고 믿었다.

하지만 그때 내 나이 스무 살.

철없는 애송이였던 나는 사회를 너무 몰랐다.

황 선장을 찾는 일은 어렵지 않았다. 유달산이란 선술집에서 주인에게 물었더니 한구석에서 술을 마시고 있는 노인을 가리켰다.

60 중반 정도로 보이는 별다른 특징 없는 평범한 노인이었다. 일행이 있어 선뜻 다가가지 못하고 술자리가 끝나기를 기다렸다.

나도 그때까지 제대로 음식을 먹지 못해 마침 시장기를 느끼고 있었다. 따뜻한 국밥 한 그릇과 소주 한 병을 시켰다.

그때 먹은 국밥은 뭐라 말로는 표현할 수 없는 맛이었다. 따뜻한 국밥을 받아놓고 보니 나도 몰래 눈물이 주르륵 흘러 눈물 반 국물 반으로 섞였다. 왠지 서러운 생각이 들며 울컥 치밀었던 것이다.

울면서 밥을 먹는 나를 보고 주인은 이상하게 생각했을 것이다.

그러거나 말거나 처량한 신세에 눈물은 쉽게 그치지 않았다. 결국 국밥을 다 비우고서야 눈물이 그쳤다.

나는 따라놓은 소주를 한잔 들이켜 약해지려는 마음을 다
잡았다. 다시 빈 잔에 술을 채우려다 취하면 안 된다는 생각
이 들어 술병을 내려놓았다.

황 선장의 술자리는 좀처럼 끝나지 않았다. 지루한 시간을
보내던 중 황 선장이 화장실에 간다며 자리에서 일어났다. 화
장실이 밖에 있는지 술집 밖으로 나갔다. 기회라고 생각해 그
를 따라나섰다.

술집 밖 빈터에서 소변을 보는 황 선장에게 다가갔다.

"황 선장님이십니까?"

"그런데 누구?"

"일본에 가고 싶어서 왔습니다."

"잘못 찾아왔어. 나 이제 그런 일 안 해."

황 선장은 경계의 눈초리로 나를 쳐다봤다. 나는 이 사람을
놓치면 안 된다고 생각했다. 나로서는 다른 밀항 루트도 알지
못했고 시간도 없었다.

'돈! 그래! 돈이면 죽은 귀신도 부린다고 했다.'

주머니에서 100만 엔 다발을 하나 꺼내 보이며 말했다.

"70만 엔이라고 들었습니다. 보내주시면 100만 엔 드리고
도착하면 다시 50만 엔 드리겠습니다."

"허허, 이 친구 보게. 그런 일 이제 안 한다고 했잖아."

말과는 달리 황 선장의 시선은 돈다발을 향해 있었다. 그리

고 볼일을 다 봤음에도 돌아가지 않고 있었다.

그도 그럴 것이, IMF 이후 7 대 1하던 환율이 16 대 1까지 두 배 이상이 뛰어 100만 엔이면 한국 돈으로 1,600만 원이었다.

황 선장은 바로 돌아서지 못하고 아래위로 나를 살폈다. 결국 돈에 대한 욕심을 버리지 못한 황 선장이 지나가는 말처럼 한마디 뱉고는 술집으로 들어갔다.

"저쪽에 별다방이라고 있어. 한 시간 후에 와."

별다방에서 다시 만난 황 선장은 자신은 정말 일을 그만두고 다른 일을 한다고 했다. 그러나 낙담하는 내게 마침 내일 자기 배가 일본에 가는데 특별히 태워주겠다고 했다. 나는 몇 번이고 그에게 고맙다고 인사하고 헤어졌다.

그때 나는 그를 의심했어야 했다. 그러나 쫓기고 있다는 절박한 심정과 세상에 대한 무지가 그를 의심하지 않고 믿게 만들었다. 그리고 무엇보다 늙은 황 선장의 모습이 나를 안심시켰다.

여관에도 들어가지 못하고 근처 야산에서 하루를 보내고 낮에는 길거리를 헤맸다. 떨리는 가슴으로 온종일을 보낸 뒤 약속 시간이 되어 부두로 나갔다. 다행히 황 선장은 나와 있었고, 나를 작은 어선으로 데려갔다.

선금 100만 엔을 건네받을 때의 음흉한 눈빛이 걸렸지만 이미 돌아설 수는 없었다. 또 배에는 황 선장 또래의 노인 한

명뿐이어서 어느 정도 안심하기도 했다.

"저리 내려가게."

황 선장은 배 가운데 있는 물고기 저장고로 나를 데리고 내려갔다. 배 밑바닥의 저장고에는 조악한 나무 상자 하나만이 덩그러니 놓여 있어 황 선장에게 물었다.

"저 혼잡니까?"

"난 이제 이런 일 안 한다고 했잖아. 이번엔 특별히 자네를 태우는 거니 그렇게 알게. 여기서 쥐 죽은 듯이 있다 보면 일본일 걸세. 그리고 상자는 만지지 말게. 어차피 보이지도 않을 테지만. 물건이 상하기라도 하면 자네 목숨으로 보상해야 해."

"알겠습니다."

황 선장이 그 말과 함께 올라가자 내 위로 판자 같은 것이 내려왔다. 그 위로 얼음이 쏟아지는 소리가 들리는 것을 보면 물고기 저장고에 비밀 공간을 만든 것으로 생각되었다. 잠시 후 엔진 소리가 들리고 배가 출렁이며 출발했다.

빛 한 점 들어오지 않는 컴컴한 공간은 오히려 내게는 편안한 느낌이었다. 갇혔다는 불안감보다는 이제 한국을 벗어난다는 생각에 안도감을 느낄 수 있었다.

그러자 불안과 초조로 한껏 긴장했던 신경이 일시에 풀어지며 잠이 오는 것이 아닌가! 자면 안 된다고 생각했지만 어느새 눈꺼풀이 감기고 잠이 들었다.

얼마나 잤는지는 모르지만 그리 긴 시간은 아니었을 것이다. 파도에 흔들리는 배의 진동에 속이 울렁거려 잠에서 깨어났다.

처음 타보는 배에 배 멀미를 하는지 도통 속이 진정되지 않았다. 시원한 바람이라도 쏘였으면 좋겠는데 이곳은 사방이 막힌 곳이다.

'다른 생각을 하자.'

울렁거리는 속을 잊으려면 뭔가에 집중해야 했다. 그러나 머릿속이 복잡해 도무지 한 가지에 집중할 수가 없었다. 누워 있으니 몸이 더 흔들리는 것 같아 한편에 있는 상자 위에 걸터앉았다.

그러나 울렁거림은 진정되지 않았고 지금이라도 구토가 나오려 했다.

'손을 따자.'

가끔 체했을 때 어머니가 손가락을 따 피를 내던 것이 기억났다. 바늘과 실이 없으니 아쉬운 대로 칼을 꺼내어 어깨부터 주물러 피를 몰았다.

톡. 서걱.

"윽!"

날카로운 칼끝으로 엄지손가락부터 차례로 따 피를 내었다. 바늘과는 달리 길게 베여 피가 흘렀지만 울렁거리던 속이 한결 나아지는 느낌이었다. 그래서 열 손가락을 다 땄다. 그리고 상자 위에 누웠다.

손가락을 땄기 때문인지 속이 좀 편해지는 것 같아 눈을 감고 앞으로의 일을 생각했다.

'얼마나 지났을까?

불안한 미래를 생각하며 고민하고 있는데 돌연 눈앞이 환해지며 몸이 근질거렸다. 마치 스펀지에 물이 빨려들어 가는 것처럼 내 몸으로 무언가가 스멀스멀 들어오고 있는 느낌이다.

깜짝 놀라 눈을 뜨며 일어났다. 빛 한 점 들어오지 않던 밀실이 푸른빛에 싸여 있었다.

'어!

밀실을 환하게 밝힌 푸른빛은 내가 누웠던 나무 상자에서 흘러나오고 있었다. 나도 모르게 상자에 손이 갔다.

나무로 된 뚜껑은 허술했고, 잠기지 않았는지 힘을 주자 그대로 들렸다. 상자 안은 솜으로 덮여 있었고, 그 안에서 빛이 흘러나왔다.

조심스럽게 솜을 들춰보았다.

'이것들은!

불상, 책, 도자기 등 골동품이 아무렇게나 솜에 싸여 있었다. 그러나 내 눈은 푸른빛을 내고 있는 한 쌍의 투박한 반지에 고정되었다. 녹이 슬었지만 기이한 문양이 새겨진 은반지였다. 그 문양 위에 선혈이 묻어 있었다.

나는 귀신에 홀리기라도 한 것처럼 빛이 나는 쌍가락지를
손가락에 끼었다. 왠지 그래야 한다는 생각이 들었다.

"욱!"

말로 표현할 수 없는 기묘한 느낌이 전신을 훑고 지나갔다.
뜨거운 기운이 손가락을 타고 온몸으로 퍼졌다. 뜨겁다고 느
끼면서도 왠지 온탕에 들어갔을 때처럼 기분 좋은 청량감이
느껴졌다.

푸스스.

그러나 눈 깜짝할 사이 그 기운은 없어지고 반지는 제 할
일을 다 했다는 듯 먼지로 변해 사라졌다. 나는 신기한 현상
에 몸에 느꼈던 위화감도 잊은 채 멍해 있었다. 반지가 사라
지자 푸른빛이 전부 사라지고 밀실은 다시 어둠에 싸였다.

'아!'

그때야 내가 무슨 짓을 했는지 깨달았다. 황 선장의 말이
떠올랐던 것이다. 손대지 말라고 했는데 물건까지 없애 버렸
다. 그 어떤 변명의 말도 통하지 않을 일이다. 그와 함께 황
선장의 음흉한 시선이 떠올랐다.

황 선장이 나를 죽일 것이라는 생각이 들었다. 그가 하는
일이 골동품의 밀반출이고 그 일이 아니더라도 밀항 등 범죄
와 관련된 세계에서 살아온 사람이다. 나 하나 죽여 바다에
던져 버리면 그뿐이다.

'하아! 씨팔! 내 인생, 왜 이리 배배 꼬이냐?'

사람은 모두 자신에게는 관대하다. 나는 이때 첫 단추를 잘 못 꿴 나를 탓하기보다는 팔자 탓으로 돌리고 하늘을 원망했다. 그러나 아무리 원망해도 지금의 상황이 변하지 않는다는 것은 알고 있었다.

꼼짝없이 죽게 됐다는 생각에 가슴이 두근거리며 머릿속이 새하얗게 비어갔다. 바다 한가운데라 도망갈 곳도 없다는 생각이 나를 더욱 절망으로 몰아갔다.

'안 돼! 이렇게 죽을 순 없어!'

부모님이 돌아가신 후 꿈도 미래도 없는 삶이었다. 그저 되는 대로 하루하루를 보냈던 나다. 그런 내가 이토록 삶에 집착하고 있다는 것이 스스로도 신기했다. 그래도 이런 살겠다는 일념 하나가 나를 절망에서 구해냈다.

'그래, 어쩌면……!'

탁. 화악.

라이터를 켜고 상자를 살폈다. 주둥이가 넓은 도자기를 꺼내 죽선, 서책, 그림 등 종이로 된 물건을 안에 넣었다. 그러고 나서 빈곳은 상자에 있던 솜으로 채운 뒤 품에 안았다.

내가 황 선장과 노인을 처치한다고 해도 이곳은 망망대해다. 배를 움직이지도 못할뿐더러 요행히 움직인다고 해도 무사히 항구로 갈 수는 없다. 결국 황 선장을 처치한다고 해도 내가 얻을 수 있는 것은 아무것도 없다.

나는 상자의 물건이 골동품이고 황 선장은 물건의 운반을 맡았을 것이라는 데 착안했다. 그들에게나 황 선장에게나 아무짝에도 쓸모없는 내 몸뚱이보다는 골동품이 더 중요할 것이다. 그래서 골동품과 내 목숨을 바꿀 생각이었다.

물론 쉽지 않은 방법이라는 것은 안다. 그러나 그 외의 방법은 떠오르지 않았다. 아무것도 하지 않고 죽음을 기다리기보다는 살기 위해 무슨 짓이라도 해야 했다.

도자기를 품에 안고 한 손에 라이터를 든 채 밀실이 열리기를 기다렸다.

배의 엔진 소리가 멈췄다. 긴장으로 손에는 땀이 흥건했다. 땀을 옷에 문질러 닦고 힘주어 도자기와 라이터를 잡았다. 이게 내 생명줄이었다.

콰르르.

물고기 저장고의 얼음물이 빠지는 소리다.

쿵쾅쿵쾅.

순간 호흡이 가빠지며 가슴이 뛰기 시작했다. 긴장이 지나쳤는지 정신이 아늑해졌다.

"후욱. 후우. 후우."

'침착해야 해. 정신 차려, 한대갑!'

심호흡을 하며 흐릿해지는 정신을 일깨웠다. 한동안 얼음물이 빠지는 소리가 들리다 차츰 작아졌다.

끼이익. 드드드.

똑. 똑. 똑.

몇 방울의 물방울 떨어지는 소리와 함께 서서히 밤하늘이 눈에 들어왔다.

"올라오게."

황 선장의 낮고 조용한 목소리가 들렸다. 그러나 나는 올라갈 수 없었다.

"여기가 어디요?"

"곧 일본 측에서 배가 올 것이네. 어서 나오게. 아니, 이놈! 뭐하는 짓이냐?"

갑판으로 오르기를 재촉하던 황 선장이 그제야 내 손에 들린 것을 보았다.

착! 화악.

"움직이지 마! 허튼수작 부리면 다 태워 버릴 거야!"

나무 상자 위에 라이터를 켜고 황 선장을 위협했다. 왜 그렇게 생각했는지는 지금도 알 수 없지만 그때 나는 황 선장보다는 물건의 주인과 타협해야 한다고 생각했다. 위협이 먹혔는지 황 선장은 눈에 띄게 당황해했다.

"왜, 왜 이러나? 곧 일본에서 그 물건을 가져갈 사람이 와! 그게 어떤 물건인지 알고 그래? 그 물건의 주인은 야쿠자야, 야쿠자! 니가 그러고도 살 수 있을 것 같아? 그대로 두고 이리 올라와. 그럼 아무 일 없이 일본에 갈 수 있어. 응? 내 말 들어."

황 선장의 얘기를 듣고 난 더욱 확신할 수 있었다. 물건의 주인이 야쿠자라면 황 선장은 처음부터 날 죽일 생각을 한 것이다.

'맞아! 날 죽이고 돈을 빼앗을 생각이었어.'

현찰을 꺼낼 때 불룩한 주머니와 급하다고 해도 두 배가 넘는 돈을 내겠다고 제안한 것이 실수였다. 황 선장은 내가 지닌 현찰에 욕심을 낸 것이다.

밀수에 이용되는 배에 물주의 허락없이 사람을 태운다는 것은 말이 안 된다. 또 그 상대가 야쿠자라면 더욱 그렇다는 생각이다. 분명히 황 선장은 야쿠자와 접선하기 전에 나를 처리할 생각이었다.

"문 닫아! 야쿠자가 오면 그들과 얘기할 거야!"

"이봐, 그들이 오면 넌 틀림없이 죽어. 내 말 들어. 그대로 두고 올라오면 아무 문제없이 일본에 데려다 줄게. 어서!"

"씨팔! 죽어도 내가 죽어. 다 태우고 죽을까? 그러면 너도 죽겠지? 문 안 닫아!"

금방이라도 불을 붙일 듯이 라이터를 상자에 가까이 댔다. 황 선장은 당황해 손을 내저으며 소리쳤다.

"어, 어! 알았어, 알았어! 문 닫을게! 그만둬!"

"빨리!"

끼기긱! 그그긍!

문이 닫히며 밤하늘이 사라지고 다시 시커먼 어둠이 몰려왔다.

"후우!"

라이터를 끄고 그 자리에 털썩 주저앉았다. 아직 긴장을 풀 수는 없었다. 이제 하나를 넘겼을 뿐 최대의 고비가 남았다. 야쿠자에게 살아남을 방법. 그 방법을 찾아야 했다.

"아! 씨팔, 말을 못하잖아!"

그랬다. 나는 일본어를 못했다.

'제기랄! 야쿠자와 말이 통해야 협상을 하지. 아! 어떻게 해야 하지?'

그러나 고민은 길지 않았다. 살려면 어떻게든 해야 했다. 손짓발짓을 해서라도 내 뜻을 전달해야 했다.

그게 통했다 해도 일본에 내려서는 어떻게 할 생각이냐고? 물건을 찾은 뒤 그들이 가만두지 않을 거라고?

맞다. 그런데 솔직히 그때 난 거기까지는 생각하지 못했다. 지금 눈앞에 닥친 일을 해결하는 것만으로도 벅찼다. 그 뒤의 일까지 신경이 미치지 못했다.

시간이 꽤 흘렀다. 어림짐작으로 30분 이상은 지난 것 같다.

부와앙!

'왔다!'

어선과는 다른 엔진 소리가 들렸다. 또다시 심장이 뛰기 시작했다. 물건의 주인이 온 것이다. 엔진 소리가 멈추고 어선으로 올라오는 소리가 들렸다. 거친 고함 소리가 들리고 물고기 저장고가 열렸다.

끼이익! 그그긍!

꿀꺽.

마른침이 목구멍을 넘어가는 소리가 천둥처럼 들렸다. 후들후들 떨리는 몸을 바로 세우려 허벅지에 힘을 줬다. 지금부터는 임기응변이나 술수가 통하지 않는다. 내가 믿을 수 있는 것은 낡은 도자기와 서책뿐이다.

"이게 내 손에 있는 한 놈들은 날 해치지 못해!"

나는 엄습해 오는 두려움을 떨치기 위해 스스로에게 최면을 걸 듯 중얼거렸다. 한낱 골동품보다도 못한 목숨이라는 생각에 서글픈 생각도 들었으나 지금은 감상에 빠져 있을 때가 아니었다.

착. 화악.

한 손으로 서책을 넣은 도자기를 품에 끌어안고 라이터를 켰다.

"황 선장 이 개새꺄! 놈들한테 똑바로 전해! 일본에 무사히 데려다 주지 않으면 다 태워 버린다고!"

이미 야쿠자에게 들통 난 이상 황 선장은 내 말을 전해줄 것으로 생각했다. 자칫 실수라도 해 골동품이 망가지면 그 역시 살아나기 어렵다. 황 선장이 야쿠자에게 뭐라고 하자 호통 소리가 들려왔다. 그리고 야쿠자 두 명이 저장고로 내려오려 했다.

"멈춰! 아무도 내려오지 마!"

상자 안의 솜으로 라이터를 가져가며 위협했다. 황 선장이 야쿠자를 말리며 내게 말했다.

"물건을 넘겨. 그래야 너도 살고 나도 살 수 있어."

"웃기지 마, 새꺄! 책임자 오라고 해! 그전에 누구라도 내려오면 다 죽는 거야!"

화르륵.

상자 안의 솜을 꺼내 불을 붙이고 상자 뒤로 물러났다. 칠흑 같은 어둠을 밝히고 솜이 타올랐다. 순간 난 타오르는 불꽃에 이성을 잃을 뻔했다. 아니, 거의 잃었었다.

골동품이고 뭐고 전부 태워 버리고 죽어버리자는 생각이 들었던 것이다. 타오르는 불꽃에 몸을 맡기면 악몽 같은 순간들이 전부 꿈처럼 사라지고 다시 제자리로 돌아갈 것만 같았다.

그러나 솜에 붙은 불은 금방 꺼졌고, 몸속으로 한줄기 청량한 기운이 흘러 이성을 찾을 수 있었다.

그때 이제는 내 트레이드마크가 된 야광 호랑이가 세상에 첫선을 보였다. 그러나 옷으로 감싸여 아무도 알지 못했다. 나조차도 말이다.

THE PUNISHER
Chapter 08
과거의 인연은 현재로 이어지고

배 위에서는 야쿠자가 황 선장에게 고함치는 소리가 들려
왔고, 얼마 지나지 않아 한 사내의 모습이 보였다. 사내는 삼
십대 후반이나 사십대 초반으로 전체적으로 단단하다는 느낌
이 들었다.

느낌상 사내가 야쿠자의 우두머리라고 생각되었다. 그가
저장고로 내려오고 있었다. 나는 그를 저지하지 않았다. 누군
가와는 대화를 해야 했고, 그 상대는 이 사내라는 생각이었
다.

그는 혼자 저장고로 내려와 내 앞에 구부리고 앉았다. 책임
자라는 사내는 한동안 아무 말 없이 물끄러미 나를 쳐다보다

입을 열었다.

"니 고향이 어데고?"

"……!"

사내의 입에서 튀어나온 뜻밖의 부산 사투리에 일시 말문이 막혀 대답하지 못했다. 그런 내 모습에 사내가 피식 웃으며 묻는다.

"와? 신기하나? 나 부산 사람이다."

"…아, 아닙니다. 서울입니다."

"이제 뭐할 낀데?"

"……."

그러고 보니 여기서 빠져나간다고 해도 앞이 막막했다. 아는 사람 하나 없는 일본이다. 대답하지 못하자 사내가 다시 묻는다.

"갈 데는 있나?"

"없습니다."

"내 밑으로 온나."

"……?"

아마 이 사내는 뜻밖의 말을 하는 게 취미인 듯하다. 또다시 나는 대답하지 못하고 멍해 있었다. 나를 놀리는 게 재미있는지 이제는 싱글싱글 웃고 있다.

"갈 데 없대매? 니 여서 또 우짤 낀데? 인마들, 그리 만만치 않타. 니… 손가락 한 개 잘라라. 그람 살려줄게."

"예?"

"와? 깡패는 싫나? 개똥밭에 굴러도 이승이 낫다 안 카드나?"

듣고 보니 사내의 말이 옳았다. 야쿠자가 나를 가만두지는 않을 것 같았다. 사람도 죽였는데 깡패가 되는 걸 피할 이유는 없었다. 그러나 손가락을 자르라는 말에 선뜻 대답할 수 없었다. 하지만 손가락 한 개로 목숨과 바꿀 수 있다면 결국 선택할 수밖에 없다.

"어떻게 믿습니까?"

"안 믿으면 우짤 낀데?"

사내가 피식 웃으며 묻는다. 방법이 없었다. 사내의 말에 고개를 떨어뜨렸다. 사내는 일어서서 저장고를 나서며 내게 말했다.

"따라온나!"

결국 나는 사내를 따라 올라갔다. 그래도 품 안의 도자기는 놓지 않았다. 그렇게 나는 손가락 하나와 바꿔 목숨을 건졌다 그리고 나의 일본 생활이 시작되었다.

뭐, 야쿠자나 깡패 생활은 알고 싶지도 않을 테고 자랑하고 싶지도 않으니 간단하게 말하겠다.

뭐? 그것보다 타투에 대해 먼저 얘기하라고?

'흐음!

사실 호랑이 타투에 관해서는 당시는 아무것도 알지 못했다. 다만 야쿠자들의 문신에는 계급이 있는데 그 문제로 곤란을 겪은 일은 확실히 기억난다.

왜?

당연하지 않나. 생각해 보라. 이제 막 야쿠자가 된 친삐라(야쿠자 똘마니)가 두목 급의 문신을 떡하니 하고 있으니 고운 눈으로 보겠는가.

거기다 내 호랑이 타투는 사람들이 부러워 할 만큼 완성도가 높아 예술 작품이다. 심장에 호랑이가 눈을 부릅뜨고 있고, 오른편 옆구리를 돌아 등으로 엉덩이뼈까지 이어져 있는데 금방이라도 튀어나갈 듯하다.

그 때문에 수없이 고생을 겪었으나 사실대로 말할 수 없었다. 난 황 선장의 배에서 있었던 신기한 현상과 관계가 있다고 짐작하고 다른 사람에게 알리고 싶지 않았다. 왠지 그래야만 할 것 같았다.

야쿠자가 반지를 찾지 않았냐고?

찾았다.

그래서 내가 호랑이 타투가 생긴 것을 알게 되었다. 그때 난 발가벗겨져 온몸을 수색당했지만 지니지 않았으니 나올 리가 없지 않은가. 덕분에 황 선장만 깨졌다. 그 후 황 선장에 대해서는 들은 바가 없고 궁금하지도 않았다.

아무튼 나는 그 후 문신에 대해 이것저것 찾아보고 살펴보았으나 알아낸 것은 별로 없었다. 다만 내가 이성을 잃거나 흥분했을 때 빛을 발한다는 것이 알아낸 전부였다. 그럴 때는 몸 안에서 청량한 기운이 나와 이성을 찾게 해준다.

'그래서 내가 밤에 강한 거다. <u>흐흐흐</u>!'

'아!'

한 가지 더 있었다. 호랑이 타투가 생긴 이후로 잔병치레는 하지 않았다. 부상을 입어도 남들보다 회복이 빠르고 몸도 더 건강해졌다는 것은 어렴풋이 느꼈다. 그러나 당시 나는 젊었고 운동도 열심히 해 큰 변화라고는 생각지 못했다.

호랑이 타투 얘기는 지금은 이 정도로 하고 일본 생활에 대해 간단히 말하겠다.

나를 살려준 사내, 그러니까 이무용은 부산의 조직폭력배였다. 10여 년 전 검거를 피해 나처럼 일본으로 피신해 야쿠자에 투신했다.

그는 혈혈단신으로 10년 만에 최대 폭력 조직인 야마구치구미의 중간 보스까지 올라가 이 세계에서는 입지전적 인물이었다. 나는 그의 밑에서 일을 배우며 그를 도왔다.

깡패나 야쿠자의 똘마니 생활은 절대 화려하지 않다. 세상에서 가장 치사하고 더럽고 아니꼬운 것이 그 생활이다.

눈치가 없으면 오래 살 수도 없다. 그나마 나는 이무용이 신경 써주어 일본 애들보다는 나았다. 그래도 아마 눈치와 처세는 이때 다 배웠다는 생각이 든다.

그리고 그때부터 거의 매일 악몽에 시달려야 했다. 서인호 검사와 함께 있던 소녀의 시선이 뇌리를 떠나지 않았다.

그것을 잊기 위해서라도 나는 더욱 악랄하고 잔인해졌다. 그럴수록 내 명성은 올라가고 지위 역시 올라갔다.

그렇게 10년이 흐르고 이무용과 함께 오사카에 자리를 잡았다. 이무용이 야마구치의 직계 조직의 하나인 대동회를 맡게 되었던 것이다. 나는 그의 밑에서 행동대장이 되어 2인자의 자리를 굳혔다.

그때쯤 전국 야쿠자 항쟁이 발발하고 이무용의 대동회는 도쿄 공략의 선봉을 맡았다. 그 공략 중에 이무용이 죽고 내가 대동회를 물려받아 도쿄에 거점을 마련했다.

그렇게 5년을 보내다 나도 흔한 야쿠자의 말로를 맞았다. 누군가가 보낸 히트맨에 의해 도쿄 한복판에서 총을 맞아 죽었다.

아니, 죽었다고 생각했다.

시간은 없지만 하던 얘기는 마저 끝내야겠다. 그래야 내가 이렇게 긍정적인 마인드로 살아가는 이유를 알 수 있을 테니까.

전에도 말했듯이 내게는 남모를 비밀이 있다. 믿기 어렵겠지만 나는 현재 소설에서나 나올 법한 두 번째 삶을 살고 있다.

그렇다고 환생을 했다거나 누구의 몸을 빌려 빙의했다는

것은 아니다. 단지 15년의 삶을 되돌려 다시 한 번 살고 있다
는 뜻이다.

개과천선(改過遷善).

이 말을 믿나?

나야 물론 믿는다.

세상 아직 덜 살았다고?

'글쎄…….'

하지만 살아 있는 증거가 있다. 그게 바로 나다. 솔직히 말
하면 개과(改過)는 믿는데 천선(遷善)은, 흐흐, 모르겠다.

나는 내가 선(善)하다고 생각하지는 않는다. 그렇다고 악
인(惡人)도 아니니 난 어쩔 수 없는 회색인가 보다.

사람은 인성은 쉽게 변하지 않는다. 아니, 거의 변하지 않
는다는 표현이 더 적절하다.

그러나 세상에 절대라는 것이 존재하지 않듯이 수억 분의
일로 변할 수도 있다. 그러기 위해서는 죽음, 또는 그에 상응
할 만한 고통이 필요하다. 그런데 나는 그 계기를 겪었다.

맞다.

내가 그 수억 분의 일이다.

나는 내가 죽던 순간을 똑똑히 기억한다. 총알이 심장을 꿰
뚫는 순간 나를 쏜 자는 물론 주위의 경물까지 모래성처럼 부
서져 내렸다. 그리고 마침내 내 몸이 부서져 내리며 의식의
끈을 놓았다.

그때 나의 마지막 생각은,

'다시는 이렇게 살고 싶지 않다' 였다. 그렇게 나는 회한으로 점철된 35년의 생을 마감했다고 생각했다.

그런데…….

＊　　　＊　　　＊

"허억!"

벌떡.

꿈을 꿨다.

그것도 지독한 꿈을 꿨다. 오늘 살인을 해야 한다는 중압감에 그런 꿈을 꾼 것 같았다. 그래도 너무나 생생한 꿈이었다.

내가 오늘 살인을 하고 야쿠자가 되어 결국은 서른다섯이라는 젊은 나이에 총에 맞아 죽는다는 예지몽 비슷한 꿈이다.

꿈에서 죽은 뒤 커다란 호랑이가 내 시체를 물고 하얀 빛무리를 통과했다. 나를 내려놓은 호랑이는 한차례 포효를 지르고 연기로 변해 내 몸속으로 들어왔다. 그때 놀라며 깨어났다.

"뭐, 뭐야?"

내가 지른 비명 소리에 옆방에서 자고 있던 한상일이 깨어 달려왔다.

딸깍. 화악.

내 방의 불을 켜고 날 찾는다. 침대에 멍하니 앉아 있는 나를 보고는 알 만하다는 듯 고개를 끄덕인다.

"아, 아냐, 형. 꿈을 꿨어."

"에이, 새끼. 난 또…… 오늘 큰일 치르려면 좀 더 자둬."

"알았어."

"딴생각 말고 잠이나 더 자."

한상일이 불을 끄고 돌아가고 나서도 한참을 멍하니 앉아 있었다. 창을 통해 밖을 보니 아직 새벽인 듯하다. 겨울의 을씨년스러움이 내 신세처럼 느껴져 서글펐다.

오늘은 내 인생에서 잊을 수 없는 날이다. 지금까지는 그래도 평범한 삶을 살았다. 하지만 오늘이 지나고 나면 절대 평범한 삶을 살 수 없다.

살인을 하고 싶지 않다는 마음과 두려움이 그런 꿈을 꾸게 했다고 생각했다. 지금의 상황에서 벗어나고 싶은 마음이 꿈을 통해 미래를 경고하고 있는 것 같았다.

꿈처럼 살다 35살의 젊은 나이로 어이없이 죽는다는 권선징악(勸善懲惡)의 결말.

마치 수전노 스크루지 영감 얘기 같지 않은가?

절로 욕이 나온다.

"칙쇼(畜生)!"

'응?

잊지 않았겠지?

난 일본어를 모른다. 고등학교 시절 제2외국어는 독어였다. 그런데 입에서 일본어가 튀어나왔다.

비록 짧은 단어고 들어본 단어다. 하지만 내가 욕을 한다면 '씨팔'이나 '개새끼' 등의 다른 파괴력 강한 단어가 많다. 이런 밋밋한 욕은 절대 하지 않는다.

이 한마디로 인해 나는 꿈을 꾼 것이 아닐지도 모른다고 생각했다.

'아! 확인할 방법이 있다.'

벌떡 일어나 불을 켜려다 손을 멈췄다. 옆방에는 한상일이 내가 도망갈까 지키고 있었다. 조심스럽게 방문을 잠그고 거울 앞으로 가 티셔츠를 벗었다.

"아! 헙!"

조심해야 한다고 생각했지만 절로 탄성이 터져 나왔다. 아차 싶어 황급히 손으로 입을 막았다.

금방이라도 튀어나올 듯한 하얀 호랑이 타투가 내 몸을 감고 있었다. 생전 해본 적이 없는 타투로 인해 꿈이 아닌 실제 상황이었다는 확신을 받았다.

"후우! 내가 자연스럽게 일본말로 욕을 한다는 것은 꿈이 아니라는 증거다. 나는 일본말을 배운 적이 없다. 이 호랑이 타투도 꿈속의 본 것과 똑같아."

내가 중얼거린 말 역시 일본어였다.

'이것 봐, 생각도 말도 자연스럽게 일본어로 나온다는 것은 내가 일본에서 살았던 거야. 그게 꿈이 아니라 지금부터 내가 살게 될 15년의 내 인생이란 말이야. 맞아. 꿈이란 게 깨고 나면 흐릿하게 기억이 나지 않잖아? 이렇게 또렷이 기억나는 게 꿈일 리가 없어.'

순간 내 좋지 않은 머리가 영활하게 회전하기 시작했다. 그러나 너무 엉클어져 쉽게 정리되지 않는다.

담배 한 개비를 빼어 물고 불을 붙였다. 깊게 들이마신 담배 연기를 길게 내뿜었다. 그래도 두근대는 심장은 가라앉지 않는다.

만일 꿈이 아니라면 지금은 인생의 터닝 포인트였다. 시간은 많지 않았다. 그러나 신중히 선택해야 한다. 지금의 선택이 내 미래를 결정할 것이다.

'지금 가장 중요한 건 오늘 저녁이야.'

앞으로의 인생이 걸린 일이다. 신중히 선택하지 않으면 평생을 후회할 일인 것이다.

나는 꿈속에서 본 15년간의 미래를 돌이켜 봤다. 그대로 흘러간다면 내일 일본으로 밀항해 야쿠자가 된다. 10년의 고생 끝에 일본 제일의 야마구치구미의 도쿄 지구장을 맡게 된다. 한국인으로서는 드물게 출세라면 출세다.

35살에 총에 맞아 죽지만 그건 이미 내가 아는 상황이다. 모면할 방법을 찾을 수도 있는 문제다.

'으음……'

솔직히 나는 그것도 나름 나쁘지는 않은 일이라는 생각이
들었다. 보잘것없는 스펙에 빈손으로 30세 중반에 힘과 돈을
모두 갖기는 쉽지 않은 일이다. 아니, 살아왔던 15년의 경험
을 바탕으로 더 위로도 올라갈 수 있었다.

'하지만……'

나는 그 위치까지 오르기 위해 내가 했던 일들을 떠올리고
고개를 저었다.

한국에서 서인호 검사를 죽이는 순간부터 평범한 인생과
는 멀어졌다. 내가 살기 위해서는 남을 밟아야 한다는 진리에
충실히 따랐다. 한 점 의혹도 없이 말이다. 그리고 성공했다.

나쁜 기억은 빨리 잊고 싶은 것이 사람의 마음이다. 특히
자신에게 불리한 일은 더욱 그렇다. 바쁘고 거친 생활 속에
흐릿해진 기억이 여유를 찾자 다시 나를 괴롭혔다. 첫 살인의
기억은 15년이 지나 숨을 거두는 순간까지 뇌리에 또렷이 남
아 있었다.

부들부들 떨리는 손으로 서 검사의 심장에 칼을 꽂아 넣던
순간.

생명이 꺼져가며 잿빛으로 변해가는 절망스런 눈빛. 원망
과 증오에 찬 소녀의 시선.

그 모든 것이 뇌리에 선명히 각인되어 있었다.

"절대 안 돼!"

그래서 어떻게 했냐고?

바보 아냐?

난 당연히 한상일에게 돈과 비행기 티켓, 칼을 받고 현장으로 나갔다. 그런데 전과는 달리 밖에서 기다리지 않고 레스토랑 안으로 들어갔다. 그리고 서 검사 가족에게 다가가 칼을 꺼내놓으며 사실을 말했다.

물론 떨리고 겁났다. 감시자가 있다는 사실을 알고 있기에 두려웠던 것도 사실이다. 그러나 적은 하나면 족했다.

조폭과 경찰.

둘 다 적으로 삼으면 피할 곳이 없다. 둘 중의 하나를 선택해야 한다면 경찰을 적으로 돌려서는 안 된다.

조폭이 더 무섭지 않느냐고?

무섭기야 하지만 피할 수는 있다. 경찰은 공권력을 의미하며 전국에 정보망을 가져 피하기가 어렵다. 결국 떳떳한 삶을 포기해야만 한다. 그렇다면 내가 구태여 이런 선택을 할 필요가 없지 않은가?

그래서 난 조폭을 적으로 선택했다.

처음에 서 검사는 믿지 않았지만 회칼과 돈, 티켓마저 보여주자 나를 믿기로 한 것 같다. 그가 경찰에 연락하고 나를 잡아두려 했지만 경찰서로 갈 수는 없었다. 경찰이 오기 전에 레스토랑을 빠져나와 도망쳤다.

한상일과 감시자의 눈을 피해 무작정 도망쳤다. 불안해서 서울에 있을 수 없었다. 그 길로 밤을 도와 무작정 시골로 향했고, 도착한 곳은 덕유산이 있는 무주구천동이었다. 그렇게 나는 비뚤어진 15년을 돌려놓았다.

그 후의 얘기는 다 알고 있으니 생략하겠다.

＊　　　＊　　　＊

내가 자신의 이름을 부르자 한상일이 발끈해 소리쳤다.

"넌 뭐야? 뭐하는 새낀데 날 알아?"

'어! 놈이 날 모르네?

하긴 벌써 6년 전의 일이고 백호의 기운 덕에 내 외모도 많이 변했을 거다. 놈이 못 알아보는 것도 무리는 아니다.

'흐흐, 그렇다면?

넌 이 시간부로 인생 배배 꼬였다고 생각해라.

"말했잖아요, 우리 오빠가 강동서 강력계에 근무한다고. 이제 더 이상 귀찮게 하지 말아요."

'아하!

한상일이 은영이를 치근덕거린 거다. 보아하니 양아치를 벗어나 이 동네 조직에 몸을 담근 모양이다.

잘나가는 마담이라도 놈들의 손에서 벗어나긴 어렵다. 그래서 은영이 날 팔은 거다. 그 증거로 지금 한상일이 똥 씹은 표정을 하고 있다.

'그런데 친오빠냐, 양오빠냐? 알려줘야 다음 대사를 치지.'

배역을 알지 못하니 일단 두루뭉술하게 넘어가야겠다.

"왜 그래?"

"아냐. 오빠, 이젠 됐어."

'그래? 넌 됐어도 난 안 됐다.'

은영에게는 미안하지만 놈과는 이렇게 끝낼 수 없다.

"한상일이 넌 언제 나왔어?"

싱글싱글 웃으며 물었다. 이건 내 순발력이다.

당시 내 신고를 받은 서 검사가 그냥 넘어가지 않았을 것이라는 판단에서였다.

그렇다면 조폭은 몰라도 한상일은 피할 수 없다. 아니, 어쩌면 독박 쓰고 들어가 살았을 수도 있다. 그래서 지금 조폭이 된 것일 수도 있다.

서 검사의 일은 조폭이 관련된 살인 교사 혐의다. 초범이라도 일이 년에 나올 형량이 아니다. 최소한 4, 5년 이상 살았을 거다. 그래서 놈이 빵에서 나온 지 얼마 되지 않았다는 판단을 했다.

그래서 찔러봤다. 예상대로 내 질문에 한상일은 당황한 기색이 역력했다.

'쯧쯧! 조금 전의 당당한 기세는 어디로 갔는지……'

한 번 똘마니는 영원한 똘마니다. 독박 쓰고 조폭이 됐다고 해서 근본이 달라지지는 않는다.

조폭이 뭐냐? 약자에게 강하고 강자에게 꼬리 마는 놈들이다. 떼거리가 아니면 아무것도 할 수 없는 놈들이 바로 조폭이다. 그러니 한상일이 내 앞에서 기를 펼 수 있겠냐?

조폭과 형사.

뭐, 답은 나와 있다. 쫓는 놈과 쫓기는 놈의 위아래는 정해져 있는 거다. 그래서 한마디 슬쩍 더 던졌다.

"조용히 지내, 항상 지켜보는 눈이 있다는 걸 명심하고."

이쯤 하면 놈은 내 정체에 대해 더 이상 의심할 수 없다. 신분증 보겠다는 소리는 죄없는 일반 시민이나 할 수 있는 소리다. 그리고 경찰이 범죄자의 냄새를 맡듯이 범죄자도 경찰의 은은한 향기를 느낀다.

"…예."

'흐흐, 이제 이놈을 어떻게 한다?'

이미 내 손에 한 번 죽은 놈이다. 한 번 죽인 놈 또 한 번 못 죽일까?

모두 잘 풀렸으니까 용서하라고?

아직 나를 몰라도 한참 모르는 소리다.

뒤끝 작렬 한대갑이다. 이놈 때문에 살인자가 됐고 젊은 나이에 총 맞고 죽었다. 그동안 부끄러운 과거를 기억하기 싫어 일부러 찾지 않았다. 그런데 이렇게 우연히 만난 것은 놈들을 징계하라는 하늘의 계시다.

하늘의 계시를 어길 정도로 난 담대하지 못하다. 어기면 또 총 맞아 죽을 수도 있다. 그러니 안 만났으면 몰라도 만난 이상은 그냥 넘어갈 수 없다.

'하아! 이 자식을 어떻게 처리한다. 단물까지 쪽쪽 빨아 먹어야 하는데…….'

한상일을 다시 죽일 생각은 없다. 이런 놈 때문에 이 재미있는 경찰을 그만둘 수는 없지 않냐?

'아! 이왕 만난 김에 살인을 교사한 뿌리까지 파헤쳐야겠다.'

일을 시킨 놈을 두고 심부름꾼인 한상일만 조지는 것은 형평에 어긋난 일이다. 난 공무원이다. 나라에서 녹을 받아먹는 공무원은 모든 일은 공평하게 처리해야 한다.

'좋아, 결정했어. 흐흐, 한상일이 넌 앞으로 내 앞잡이가 되어 놈들을 깨는 선봉장이 되는 거야. 그리고 장렬히 전사하면 돼.'

마음의 결정을 내렸다. 그때 나를 사주한 조직은 검사를 죽이려 한 놈들이다. 이미 경찰로서는 손댈 만한 범위가 넘었다고 봐야 한다. 그래서 취미생활로 하려고 한다. 앞으로 쌓인 스트레스는 그곳에다 풀어야겠다.

은영은 벙찐 표정으로 눈을 동그랗게 뜨고 나와 한상일의 대화를 쳐다보고 있었다. 햇병아리로만 생각했던 내 위엄에 놀란 것이다. 그러더니 돌연 눈을 반짝 빛내고 입을 열었다.

'엇! 얘가 또 뭔 짓을 하려고?

꼬집.

"대… 아얏!"

'앗! 위험했다.'

잽싸게 은영이 허벅지를 꼬집어 입을 막았다.

꼬리 아홉 개짜리 여우인 은영이 내가 이름을 밝히고 싶지 않아한다는 것을 모를 리 없다. 눈으로는 의문의 레이저 빔을 쏘아 보내지만 바로 입을 다문다. 이래서 프로와는 일하기가 편하다.

알다시피 내 이름이 조금 강렬하다. 한번 들으면 잘 잊히지 않는 이름이다. 어차피 놈도 내 이름을 알게 되겠지만 지금은 아니다. 좀 더 관계가 명확해진 후에 알려지는 것이 유리하다.

"아직 안 가고 뭐해? 더 볼일있어? 아님 나하고 우리 사무실 구경이나 갈까?"

"아, 아닙니다. 실례했습니다."

두 놈이 똥 씹은 얼굴로 자리에서 일어섰다. 나랑 오래 앉아 있어봐야 피곤한 건 놈들이다.

"찻값은 계산하고 가라. 난 쌍화차 먹을 거야. 알지? 계란 동동 쌍화차. 아줌마, 여기 쌍화차 스페셜로 한 잔!"

카운터의 아줌만지 할머닌지 모를 마담에게 소리쳤다. 마담이 인상을 구기고 쳐다본다.

'손님인데 어쩌랴. 아줌마는 내 수비 범위가 아니야. 나보고 어쩌라고 할머니라고 부를 수는 없잖아.'

그리고 한상일에게 형사답게 보여야 했다.

한상일이 계산을 끝내고 커피숍을 나가자 은영이 호들갑을 떨며 묻는다.

“어머, 어머! 너 제법이다? 짜식, 다시 봐야겠는데?”

‘이게 또 사람 빈정 상하게 만드네.’

“그동안 어떻게 봤는데?”

“얘는 또 뾰족하게 왜 그래? 멋있다는데. 근데 한상일이는 어떻게 알아?”

“나 멋있는 건 다 알아. 그건 그렇고, 쟤들 뭐야? 어디 애들인데 나까지 불렀어?”

“어머, 몰랐어? 쟤들 BBK(Bad Boys of Korea)파야. 한상일이 이 구역을 새로 맡았나 봐. 며칠 전에 가게에 한 번 들르더니 귀찮게 하네. 새끼, 보는 눈은 있어가지고…….”

애가 터진 입이라고 잘도 지껄인다. 난처한 상황 벗어났다고 바로 본색을 찾은 은영이다.

은영이 말한 BBK파는 강동구를 주무르는 조직이다. 현재 우리나라 폭력 조직은 형광등파와 산성파가 양분하고 있다.

형광등파는 부산을 거점으로 호남과 영남을 어우르고 있고, 산성파는 서울에 거점을 두고 서울과 경기 일원을 세력권으로 하고 있다.

그중 산성파는 일본 야쿠자와도 연계하고 있다고 알려져 있는 조직이다. 그리고 BBK파는 산성파의 산하 조직으로 파악되어 있다.

　강동구에서 유흥업소가 밀집해 있는 천호동은 알짜 중의 알짜다. 그런 곳을 한상일이 맡았다는 것은 꽤 신임받고 있다는 뜻이다. 그러니까 나를 사주한 조직이 BBK파나 산성파라는 것은 쉽게 짐작할 수 있다.

　"쓸데없는 소리 하지 말고 니네 사장이랑은 어떤 관계야?"

　"몰라. 하지만 그렇고 그런 관계 아니겠어? 그러고 보니 이상하네. 지금까지 이런 일은 없었는데. 내가 그렇게 매력적인가?"

　"흐음, 니네 사장하고 무슨 일 있는 거 아냐? 한번 알아봐, 종업원들도 알아보고."

　요즘은 조폭도 막무가내는 아니다. 예전 같으면 황금알을 낳는 오리를 배 갈라 백숙 해먹었을 놈들이다. 하지만 요즘은 사료를 줘가며 황금알로 빼먹는다.

　한상일이 정말 은영에게 반한 것이 아니라면 다른 이유가 있다고 봐야 한다. 내 생각은 은영이네 가게에 작업을 들어간 것이 아닐까 한다.

　이런 계통은 사람이 재산이다. 아가씨, 마담, 멤버가 돈을 벌어주는 것이다. 가게만 연다고 다 장사 되는 것이 아니란 말이다. 거꾸로 망하게 하려면 사람을 빼가거나 그만두게 만들면 된다. 내가 일본에서 해봐서 안다.

　그런 것을 은영이 모를 리 없다. 바로 이해하고 되묻는다.

"작업 들어왔다고 생각하는 거야?"

"그럼 정말 너한테 반해서 그런다고 생각해?"

"뭐, 그럴 수도 있지? 내가 한 몸매 하잖아."

은영이도 아니라고 생각하는지 멋쩍은 미소를 짓는다.

"헛소리 그만하고 한상일이한테는 뭐라고 한 거냐?"

"호호, 약혼자라고 했지."

"형사랑 나가요가? 잘도 믿겠다. 그리고 남의 혼삿길 막을 일 있냐? 앞으론 절대 그러지 마!"

불가능한 일은 아니겠지만 고개를 끄덕이기도 어려운 일이다.

그러나 은영은 내 지랄에도 신경 쓰지 않고 눈썹을 잔뜩 찡그린 채 중얼거렸다.

"흐음! 정말 그렇다면 이번 기회에 강남으로 진출할까?"

"차라리 그러든지. 근데 그 정도 애들은 있냐?"

"너, 내 동생들을 어떻게 보고 그래? 당장 강남에 가도 텐 프로야, 텐 프로!"

"그래? 내가 못 본 애들도 많은가 보네?"

내가 흥미를 보이자 은영이 고개를 홰홰 내두르며 말한다.

"에휴! 이 색마 같은 놈. 그래도 의리가 있지, 갑자기 옮길 수는 없지."

은영이 털어놓은 말에 의하면 의리보다 돈 문제가 걸려 있어 쉽게 옮기지는 못한다고 한다. 외상값이라든지 해결할 문제가 꽤 되는 모양이다. 한동안 가게 문제로 이런저런 얘기를 나누다 은영이 일어서며 말했다.

"가자. 한잔 살게."

"아냐. 오늘은 됐어. 나중에 사."

"응? 웬일이야? 너 어디 아파?"

내가 사양하자 은영의 눈이 동전만 해졌다.

멀쩡한 이마를 만지려는 은영의 손을 뿌리치며 일어섰다.

"오늘 바빠서 그래. 아무튼 너 빚 하나 졌다? 잊지 마. 적어 둘 거니까."

"으이구, 이 화상. 공짜 좋아하면 머리 벗겨진다고 하는데 왜 안 벗겨지는지 몰라."

"야, 그런 식으로 말하면 듣는 내가 섭섭하지. 그리고 막말로 공짜는 아니잖아. 신성한 노동의 대가지. 뭐, 싫으면 앞으로 보지 말든지."

"에구! 사내새끼가 속은 밴댕이만 해가지고. 삐치기도 잘 삐쳐요. 알았다, 알았어. 너 고생 많이 했으니까 술 마시고 싶으면 언제든지 전화해라."

은영의 항복 선언에 씩 웃어주고 커피숍을 나섰다. 오늘은 이대로 사무실에 들어가서 BBK파에 대한 자료를 살펴보려고 한다.

술도 좋고 여자도 좋지만 생각났으면 바로바로 처리해야 직성이 풀린다. 더구나 놈은 앞으로 내 삶의 활력소가 되어줄

놈이 아닌가. 맛있는 거 아껴두고 오래오래 먹으려면 연구가
필요하다.

*　　　*　　　*

'흐흐, 럭키!'
신은 공평하지 않다.
갑자기 뭔 소리냐고?
'흐흐!'
세상에는 운이 좋은 놈과 나쁜 놈이 있다. 내가 운이 좋은
놈이라면 한상일이 나쁜 놈일 것이다. 만일 신이 있고 공평하
다면 한상일이 나를 만나서는 안 되는 거다.

왜? 되는 놈은 뭘 해도 된다는 말도 있지 않냐? 운 좋은 과
부는 넘어져도 고추밭에 넘어진다고 했다. 나는 내가 두 번
살아가게 된 것을 안 순간 조심스럽게 운이 좋은 놈이라고 생
각했다.

남들은 한 번 죽으면 끝이다. 대통령이고 대기업 회장이고
간에 그걸로 끝이다. 오죽하면 진시황이 불로초를 찾으려 했
겠냐? 그런데 나는 두 번 살게 되었으니 그것보다 운이 좋은
일은 없다.

과거에는 나도 억세게 운이 나쁜 편에 속했다. 그런데 백호
가 내 몸에 들어오고 나서부터 운이 바뀐 것 같다. 이제는 뭘

해도 되는 놈이 되었다.

한상일을 만나고 며칠이 지난 후의 일이다. 그동안 난 BBK파에 대해 애정과 관심을 가지고 조사했다. BBK파는 조직원이 300명도 넘는 대형 조직이다. 그 정도 인원이면 산성파 내에서도 중심 조직 중의 하나일 거다.

놈들의 덩치가 생각보다 컸지만 나는 오히려 즐겁기만 하다. 힘은 들어도 잡기만 하면 먹을 것이 많지 않냐?

하지만 경찰이라는 신분 하나로 상대하기는 어려운 점이 많은 것도 사실이다. 몸빵 하나만 믿고 닥치고 돌격할 수는 없지 않은가.

놈들은 우리 서에도, 그 윗선에도 손이 닿아 있음이 분명하다. 그래서 놈들을 괴롭히며 야금야금 무너뜨릴 치밀한 계획이 필요했다.

그러자면 뭔가 나에게도 조직의 도움이 필요했다.

아! 경찰 조직 말이다. 나도 조직의 일원 아니냐?

아침부터 내가 길게 사설을 늘어놓는 이유는 오랜만에 등장하는 장 계장의 말 때문이다. 아침 일찍 형사계의 전체 회의가 열렸다. 그 자리에서 장 계장은 청장의 특별 지시사항을 전달했다.

"…그래서 앞으로 민생 치안을 어지럽히는 주적, 즉 조직 폭력배 특별 단속을 실시하라는 공문이 내려왔다는 말이다. 기간은 앞으로 삼 개월. 그러니까 모두 진행 중이던 사건 스톱시키고 한 달에 열 명씩 잡아와.”

장 계장의 말에 여기저기서 형사들의 불만의 목소리가 튀어나왔다.

“에이, 또야?”

“이러다 정보원 다 잡아들이고 나면 정작 필요한 수사는 어떻게 하라고 그러는지 원…….”

월드컵이 2년 앞으로 다가왔다. 정부에서는 급증할 것으로 예상되는 외국인 관광객에게 좋은 이미지를 심어주기 위해서 치안을 강화하기로 결정했다.

최근 마약과 매춘, 폭력 사건이 급증했다. 그 원인을 조직폭력단으로 보고 특별 단속을 실시하기로 한 것이다. 정확한 판단이고 올바른 조치다.

그런데 형사들이 불만을 터뜨리는 이유는 이런 행사는 보여주기 행정으로 그치기 때문이다. 경찰에게는 승진의 좋은 기회가 된다. 이럴 때 운이 좋으면 특별 승진도 가능하기 때문이다.

정부와 경찰청은 국민의 이목이 집중되었을 때 실적을 보여주고 싶어한다. 그래서 각 지방 경찰청으로 실적이 할당되고 지방경찰청에서 각 경찰서로, 경찰서에서는 형사계로 할당이 떨어진다. 그리고 운 좋은 한두 명의 경찰이 본보기로 특진을 하게 된다.

우리 강동서도 장 계장이 반마다 한 달에 50명을 검거하라는 할당량을 정해준 것이다. 이때는 자의 반 타의 반으로 맡고 있던 사건을 모두 스톱시킨다. 반의 할당을 채우는 일이 우선이기 때문이다.

사실 50명 잡는 일은 문제도 아니다. 막말로 BBK파 하나만 잡아넣으면 우리 반 3개월 할당을 채울 수 있다.

그런데 문제는 그런 놈들은 잡지 못한다는 데에 있다. 그 정도 되는 놈들은 이리저리 선이 닿아 있어 사실상 체포가 불가능하다.

그런 이유 때문에 나도 한상일과 BBK파에 대해서는 정식 수사를 포기하고 나만의 취미생활로 결정한 것이다. 그동안 은밀히 BBK파에 대해 조사한 결과 우리 서에도 선이 닿아 있다는 것을 알 수 있었다.

그러니까 정부의 지시는 우리에게 피라미나 거리의 양아치를 잡으라는 말이지 조직폭력배를 잡으라는 말은 아닌 것이다.

뭣도 모르는 신참 형사가 큰 조직을 건드렸다가는 반장이나 계장 아니면 더 윗선에서 연락이 내려와 조용히 덮어진다.

물론 대통령은 조직 폭력배를 잡고 싶을 것이다. 그러나 그 밑에 있는 실무자들은 이런저런 이유로 대통령과 국민을 속이는 것이 현실이다.

뭐, 어쨌든 거리의 쓰레기가 잡혀 들어가니 꼭 나쁜 일만은 아니다. 그런데 간혹 실적에 눈이 먼 경찰이 멀쩡한 노숙자나

가벼운 다툼마저 조폭으로 만들어 입건하는 경우가 있다. 할당이 떨어지면 무조건 채워야 하기 때문이다.

특별 승진을 하는 한두 명은 정말 운이 좋은 사람이고 나머지는 근무 평점에 불이익을 받지 않기 위해서라도 할당을 채워야만 한다. 그래서 먼저 정보원이나 눈에 띄는 양아치를 잡아넣게 된다.

내가 장 계장의 말에 운이 좋다고 생각하는 이유는 별것 아니다. 나도 국민의 혈세로 월급을 받는 공무원이다. 내 복수와 취미생활을 위해 근무 시간을 사용할 수는 없지 않냐? 결국 근무 외 시간을 활용해야 한다는 말인데 그건 내게도 너무 가혹한 일이다.

알다시피 우리는 9시 출근해서 6시면 퇴근하는 직업이 아니다. 사건은 끊임없이 터지고 할 일은 많다. 정시 퇴근이란 우리에겐 꿈같은 소리다.

그렇다고 근무 외 수당을 더 주냐? 그것도 아니다. 과중한 업무에 쫓기다 보면 취미생활이 소홀해지기 쉽다.

그런데 이번 조직폭력배 일제 단속 기간은 공식적으로 취미활동을 보장해 주는 일이다. 당연히 내겐 행운이다.

할당이야 적당히 채우면 된다. 이전 한상일과 내가 그랬듯이 BBK 곁을 어슬렁거리는 양아치들은 널렸다. 걔들 잡아넣으면 된다.

뭐, 내가 이번에 특진할 것도 아닌데 기본만 할 생각이다.

아직 전입한 지 얼마 되지 않았고 이번에 한 건 해서 더하면 너무 튄다.

동료들과의 사이는 지금이 딱 좋다. 여기서 더 튀면 시기와 견제를 받게 된다. 그러면 지금까지 술 마시며 쌓아올린 내 노력은 물거품이 된다.

그리고 직장에서 완전히 치고 올라갈 것이 아니면 중간에서 기회를 보고 있는 것이 최선이다.

선두 그룹은 견제를, 낙오자 그룹은 무시를 받는다. 둘 다 이롭지 못하니 남은 것은 중간이다. 기회를 기다리다 치고 나갈 때 한 번에 우뚝 서야 한다.

한신은 웃으며 부랑배의 가랑이를 기었고 흥선대원군도 그랬다고 한다. 유비는 천둥소리에 놀라 술잔을 떨어뜨리며 벌벌 떨었다고 한다.

하지만 우리는 한신이 아니고 유비도 아니며 대원군은 더더욱 아니다. 그냥 중간에서 기어라. 난 그럴 생각이다.

전체회의가 끝나자 각 반별로 대책회의를 했다. 민 반장은 짧게 한마디로 끝냈다.

"어떻게 해야 하는지 잘 알 테니까 긴말 안 하겠어. 마감 다 돼서 허둥대지 말고 빨리 채우고 끝내자고. 김 경사가 한 형사 좀 도와줘."

"예, 반장님."

"그리고 김용석이 건 넘겼어?"

“예.”

“검사가 뭐라 안 해?”

“아직은 별말없었습니다. 그쪽도 마찬가질 테니 잘된 거죠, 뭐. 아! 그걸 실적에 넣어야겠습니다.”

김용석이 사건에는 세트로 청정파라는 조직이 관련되어 있다. 작은 조직이라 실적 감으론 안성맞춤이었다.

“그러면 되겠네. 애들 살살 달래서 나머지 애들도 잡아와. 잘하면 이번 달 목표는 채우겠는데?”

‘허!’

이상득과 김용석이 탓에 청정파는 한순간에 해체되었다.

청정파로서는 두 사람과 엮인 것이 첫 번째 불행이고, 두 번째는 공교롭게 조직폭력배 일제 소탕 지시가 내려왔다는 점이다. 그리고 가장 결정적인 이유는 힘이 없다는 사실이었다.

실적에 목말라 있는 형사는 하이에나보다 더 집요하다. 없는 죄도 만들어 잡아넣을 판에 제대로 걸린 것이다. 청정파는 형사들의 마수(魔手)에서 벗어날 만한 배경이 없다는 점이 조직의 해체를 불러온 것이다.

“예, 반장님. 기소 상황 봐가면서 우린 그것부터 처리하죠. 걔들하고 엮인 애들까지 잡아들이면 얼추 이번 달 목표는 채울 것 같습니다.”

“그럼 박 경사와 김 경사는 기소 건 지켜보고 나머지는 모두 청정파에 매달려, 누가 조직도 하나 그럴듯하게 그려두고."

"예, 반장님."

덕분에 우리 반은 웃는 얼굴로 회의를 마쳤다. 난 청정파를 해체시키는 방법이 궁금했다. 두목을 비롯해 여덟 명이 잡혀 있지만 나머지 40명을 어떻게 만든단 말인가?

회의를 마치고 김 경사에게 슬쩍 물어봤다.

"김 경사님, 청정파 애들 어떻게 엮는 겁니까?"

"어떻게 엮긴, 깡패라고 다 대가 센 건 아냐. 만만해 보이는 놈들 겁 꽉꽉 주고 난 뒤 형량 좀 낮춰준다면 술술 불어. 그래도 꼴에 의리 지킨다고 신입이나 조직 생활 얼마 안 되는 애를 알려주거든. 근데 그렇게 되면 끝났다고 보면 돼. 초짜들은 더 잘 불거든. 잡아넣을 죄목이야 만들면 되는 거고. 놈들은 숨 쉬는 것 자체가 죄니까 말이야."

'하아!'

아주 과학적인 수사 방법이다. 아마 한국의 깡패들이 조직원 관리를 잘 하지 못해서 그런 것 같다.

일본 야쿠자는 자식 대학 등록금까지 대준다. 그리고 조직을 위해 희생하면 반드시 그 대가를 치러준다. 그러니 조직을 배신하겠는가? 뭐, 구멍가게와 대기업의 복지를 비교하는 것 같지만 말이다.

청정파는 그냥 반원들에게 맡기고 난 BBK랑 놀아야겠다.

내가 닦아놓은 길이니까 나중에 숟가락 하나는 얹어줄 거다.

난 습관적으로 뭘 얻어내기 위해 달래는 것보다는 주먹질이 편하다. 15년을 그렇게 살았으니 말이다. 그리고 깡패들도 자기들 수법으로 당하면 더 황당하지 않겠냐? 재미도 있고 말이다.

주먹에는 주먹, 사시미에는 꼬챙이다.

어차피 BBK는 정식으로 수사할 수 없다. 보고되는 순간 덮어야 할 것이 분명하다. 괜히 우리 서의 대가리들이랑 부딪칠 필요없다.

내가 이기지도 못하고 결국 난 옷 벗어야 한다. 그런 놈들 때문에 옷 벗고 싶진 않다. 난 아직 경찰 생활이 재미있다.

그래서 그냥 내 방식으로 한두 놈씩 잡아들일 생각이다. 흐흐, 조만간 강동구에 백호검법이 난무하며 곡소리가 들리면 내 취미생활이 시작됐구나 하고 생각하면 된다.

THE PUNISHER
Chapter 09
귀여운 역습

"역시 그렇지?"

—응. 어떡하지?

내 예상이 맞았다.

BBK파의 한상일이 은영이네 가게인 룸살롱 이원을 삼키려고 작업 중이었다. 은영이 말고도 손님이 많은 마담이나 멤버, 아가씨들에게 협박과 회유가 있었다. 사장도 눈치를 채고 가게를 팔 생각을 하고 있다고 했다.

하지만 강동의 주먹 BBK파가 눈독을 들이고 있는 가게다. 사겠다고 선뜻 나설 놈은 아무도 없다. 요즘 깡패들도 약아서 사장 잡아다 강제로 포기 각서 쓰게 하지는 않는다. 지금처럼 사전 작업을 해놓고 헐값에 후려친다.

이원 정도의 룸살롱이라면 10억대는 갈 것이다. 아마도 BBK파는 1억이나 주면 많이 주는 거다. 그래도 남는 거 없다고 생각하는 놈들이다.

억울해도 어쩌겠냐, 법은 안드로메다에 있고 주먹은 눈앞에 있는데.

"뭘 어떡해? 괜히 말려들어 다치지나 마! 강남으로 간다며?"

—안 돼! 의리가 있지. 사정을 뻔히 알고서 어떻게 그러나?

쯧! 얘가 또 선수끼리 장난친다. 사장한테 돈 빌려준 게 있다고 말한 게 엊그제다.

'의리는 무슨. 받을 돈 있다며. 생각보다 많은가?

"헛소리 그만하고 얼만데?"

"4억."

'헉! 얘가 도대체 사장하고 무슨 관계야? 첩이야?'

마담이 사장한테 4억이나 빌려줬다는 건 내 상식으로는 달리 생각이 안 든다. 그리고 은영에게 스폰서 하나둘 없다는 것이 도리어 이상한 거다.

"사장이 니 스폰서냐?"

"…응. 옛날에."

"지금은 아니고?"

"지금은 딴 애 있어. 벌써 헤어진 지 2년도 넘어."

"야, 이 빙신아! 그럼 그동안 돈 안 받고 뭐했어? 솔직히 말해!"

"당장 목돈도 필요없었고… 이자도 잘 줬고 가게도 잘 돌아가서 신경 안 썼지. 대갑아, 어떡하지? 그거 절반은 동생들 돈이야."

뭐, 어감이 투자 비슷하게 한 것 같다. 이런데 투자라면 은행 금리의 배는 될 테니 말이다. 경찰 간부 중에도 룸살롱이나 도박장에 지분 가지고 계시는 놈들 꽤 계시다. 더구나 그 놈들은 돈도 투자하지 않고 지분을 챙기는 놀라운 재주를 보여주신다.

"야! 차용증이나 계약서는 있지?"

하지만 있다고 해도 여러 가지 사정으로 받기는 어려울 것이다. 그래도 한동안 한 이불 덮었을 테고 경제적인 도움도 꽤 받았을 거다.

상대가 잘됐으면 몰라도 어려운 상황에 인간적인 정리도 매정하게 할 수도 없을 것이다.

"응, 있기는 하지만…….'"

역시 은영이도 그 문제가 걸리는 듯 말을 잇지 못한다. 애가 그래도 상식이 있고 의리 비슷한 게 있어 친구 할 만하다.

'참! 얘는 내가 채권추심원도 아닌데 나한테 전화해서 귀찮게 해. 그리고 한상일이 이 새낀 또 왜 자꾸 내 앞에서 거치적거려? 가만있으면 어련히 알아서 처리해 줄까. 가만!'

또 일타쌍피가 떠올랐다. 노동을 해도 역시 효율적인 것이 좋다. 어차피 한상일과 BBK는 지우려던 곳 아닌가?

'거꾸로 내가 작업을 하면……. 흐흐, 새끼들.'

닭 쫓던 개 지붕 쳐다보는 모습이 눈앞에 선하다.

"야! 니네 사장, 내가 좀 만나자고 해라."

"우리 사장은 왜?"

"옛날 니 애인 얼굴 한번 보려고 한다. 왜, 싫어? 싫으면 말고."

은영이도 내가 나서기로 했다는 것을 느꼈는지 목소리가 저자세로 변했다. 뭐, 우리 사이, 아쉬우면 바로 꼬리 만다.

"그건 아닌데……. 나도 같이?"

"왜? 쪽 팔려? 너 없으면 내가 그 노땅을 왜 만나?"

"노땅 아냐. 아직 50도 안 됐는데 노땅은……."

'이런, 미친……. 에혀! 알았다, 알았어. 나한테 쪽팔리기도 하겠지.'

아무리 대범해도 여자는 여자다. 그리고 나는 남자고 말이다. 부드럽고 이해심 많은 내가 참아야 한다.

"되도록 빨리 날짜 잡아서 연락해."

"알았어.

전화를 끊고 나니 콧노래가 절로 나온다. 그러지 않아도 어디서부터 손을 대야 하나 고민하고 있었다. 이게 바로 울고 싶은데 뺨 때리는 격 아니야? 맞먹으려는 은영이 기도 확실하게 밟아주고 말이다.

　은영이가 애가 타긴 탔나 보다. 얼마 되지 않아 바로 연락
이 왔다. 그것도 오늘 당장 만나잔다. 물론 나야 입만 준비하
면 되니 흔쾌히 승낙했다.
　그래서 지금 일식집에 와 있다. 꽤 돈 좀 바른 곳으로 입구
에 정통이라고 쓰여 있다. 그런 집치고 제대로 된 집 한 번도
못 봤다. 비싸게 받으려는 상술일 뿐이다. 아무튼 고급으로
보이려고 애쓴 흔적은 곳곳에서 찾아볼 수 있다.
　문을 열고 들어서자 젊은 아가씨가 쪼르르 달려와 맞아준
다.
　“어서 오세요. 혼자 오셨나요?”
　‘참 나! 이런 데 혼자 오는 사람도 있냐?’
　“김은영이라는 여자를 찾아왔습니다.”
　“아! 안내하겠습니다.”

　죽실(竹室).

　뭐, 이런 데 이름이 다 이렇다.
　우리말로 ‘대나무 방’ 얼마나 운치있냐? 한자를 쓰면 고급
스러워 보인다고 착각해서 그런다. 나야 고등교육을 받았으
니 읽을 수 있지만 한상일이 같은 놈은 혼자 두면 찾지도 못

한다.

드르륵.

"어서 와. 빨리 왔네?"

죽실에는 사내는 없고 은영이 혼자 기다리고 있다.

"왜 너 혼자야? 놈씨는?"

"호호, 곧 올 거야. 밥 안 먹었지? 술부터 한잔 할래?"

묻는 말에 대답은 안 하고 어울리지도 않는 아양을 떤다. 에구! 이 화상이 내가 지랄 떨까 봐 미리 나온 모양이다. 그래도 제 남자였다고 챙기는 걸 보니 기가 차다.

"근처에 있냐? 지랄 안 할 테니 불러."

"그럼 나랑 그 사람한테 아무 짓도 안 한다고 약속해."

"알았어. 사내대장부가 한입으로 두 마디 하겠냐? 오늘 그럴 생각으로 온 것 아니니까 안심하고 불러. 나도 바빠."

"정말 약속한 거다?"

"그래."

그제야 전화를 건다. 역시 근처에 있는지 금방 도착한단다. 일단 사장이 오기 전에 은영이 생각을 들어봐야겠다.

"은영아, 돈으로 찾긴 어려울 것 같은데 니가 가게 해보는 건 어때?"

"내가? 내가 무슨 돈이 있어? 그리고 BBK는 어떡하고? 걔들이 가만있겠어?"

은영이 어림없다는 듯 고개를 저으며 말한다. 하지만 생각해 둔 방법이 있다. 사장도 좋고 은영이도 좋고 나도 좋은 해결 방법이 말이다.

“니네 가게는 얼마 정도 하냐?”

“글쎄……. 한 10억 정도는 하지 않을까?”

“10억? 그럼 조금 손핸가?”

“누가 손해야?”

“너 말야. 이대로 두면 BBK 애들은 사장한테 1억도 안 줘. 거의 강탈하는 수준이야. 니가 받을 돈이 4억이라며? 그걸로 퉁 치기에는 너무 많지.”

“……”

은영이 내 계산 방법이 황당한지 입을 쩍 벌리고 다물 줄 모른다.

“너 잘 생각해. 니네 사장이 돈을 건질 방법은 없어. 그렇다고 어디 신고할 수도 없잖아. BBK도 발이 꽤 넓더라. 우리 서에도 줄이 닿아 있던데? 너도 그래서 나한테 전화한 거잖아. 혹시나 하고. 아냐?”

“휴우! 그래, 맞아. 사장도 그동안 니네 서장한테 꽤 갖다 바쳤어. 근데 이번 일은 곤란하다고 입 싹 씻더래. 폭력을 쓰는 것도 아니고 그런 증거도 없고 말이야. 사정을 설명해도 그 정도로는 수사할 수 없다고 그랬대. 그 말이 뭐겠냐? 그쪽에서도 받아 처먹었다는 거지. 사내새끼들이 치사하게 말이야. 솔직히 지푸라기라도 잡는 심정으로 너한테 전화한 거야.

너 같은 말단 형사가 뭘 할 수 있겠냐? 하도 답답해서 전화했
어."

쪼르륵.

꿀꺽꿀꺽.

말을 마친 은영이 목이 타는지 제 손으로 술을 따라 한입에
털어 넣는다. 그리고 다시 말을 이었다.

"솔직히 내 돈만이라면 포기할 수도 있어. 근데 동생들 돈
도 들어 있어. 너도 알잖아. 그 돈이 어떻게 해서 번 돈이란
거. 너 같은 새끼들 비위 맞춰가며 번 돈이야. 그걸 어떻게 포
기하냐?"

'계집애, 꼭 예를 들어도 나를 들어. 찔리게.'

"그러니까 잘 결정해. 니네 사장은 난 몰라. 그리고 알지도
못하는 놈을 도와주라고는 하지 마. 니가 무슨 짓을 해도 그
럴 생각은 없어. 그럴 능력도 없고. 하지만 사장도 1억도 못
받을 거 4억으로 퉁 치면 밑지는 장사는 아냐. 그리고 덤으로
BBK 애들한테서도 벗어나고 말이야. 문제는 니가 인수해서
지금처럼 운영할 수 있느냐 하는 거지. 할 수는 있냐?"

"방법이 없을까?"

"없어."

묻는 말에는 대답하지 않고 한 얘기를 또 한다. 아직도 미
련을 버리지 못하는 은영에게 일부러 냉정하게 말했다. 찾아
보면 있을 수도 있겠지만 그럴 생각은 전혀 없다. 깡패들하고

엮인 일은 피를 보지 않고는 해결이 안 된다.

은영은 친구고 내 청춘을 책임진다고 하니까 약간의 위험은 감안하고 해볼 생각이다. 그러나 은영에게도 말했듯이 생전 처음 보는 놈을 위해 땀 한 방울도 흘리고 싶지 않다. 그리고 늙은 룸살롱 사장한테 그럴 필요도 없고 말이다.

쪼르륵. 꿀꺽.

은영이 답답한지 연신 홀짝거린다.

"사장 오기 전에 결정해. 니가 못한다면 나도 그냥 갈 거야. 내가 할 수 있는 방법이 없어. 왜, 그 남자한테 미련이라도 있냐?"

"그건 아니지만……."

"야, 막말로 그 인간이 룸살롱 뺏기면 굶어 죽냐? 그동안 많이 벌었을 거 아냐? 진짜로 불쌍한 건 사장이 아니라 너 믿었다가 돈 날리게 생긴 니 동생들이야. 나 같은 놈들한테 웃음 팔고 번 돈이라며?"

"휴우!"

은영이 초점없는 시선으로 천장만 멍하니 쳐다본다. 안 그러던 애가 축 처져 있으니 보는 내가 안타깝다. 하지만 내가 생각한 방법이 최선이다.

평소에는 계산도 빠르고 약삭빠른 애가 왜 이런지 모르겠다. 하지만 남자는 여자, 여자는 남자에 대해서만큼은 이성적이지 못하다. 이해는 할 수 있지만 어쨌든 결정해야 한다. 그리고 그 몫은 순전히 은영의 일이다.

소를 물가에 끌고 갈 순 있어도 물을 먹일 수는 없다고 하지 않냐? 물을 먹던 뱉던 은영의 결정에 따를 생각이다. 곧 사장이 오기로 해 시간도 얼마 없었다. 은영이 잠시 생각할 수 있도록 더는 말을 걸지 않았다.

"좋아! BBK 문제만 없다면 가게는 지금보다 더 잘할 수 있어. 사실 지금도 거의 내가 운영하고 있어. 하지만 이제 사장하고는 완전히 정리해야 할 것 같아. 넌 어떻게 하겠다는 거야? 니가 BBK파를 막아줄 수 있어?"

은영이 나를 똑바로 쳐다보며 입을 열었다. 눈동자에 생기가 도는 것을 보니 마음의 결정을 내린 것 같다. 은영이 같은 애는 한 번 결정하면 뒤돌아보지 않는다.

이제 문제는 내게 넘어왔다. 그런데 과연 은영이 날 믿어줄지 그것이 문제다. 애가 구체적인 방법을 물어오면 대답이 궁하다.

'아, 씨! 좀 잘해줄걸.'

평소에 신뢰를 팍팍 심어주지 못해 걱정이다. 그동안은 난봉꾼에 애송이 비리 형사 정도로 보여지길 바랐고, 그렇게 행동했다. 어느 정도는 진실이기도 했고 말이다. 그래서 애가 진실의 눈을 가지고 내 내면을 꿰뚫어 봤기를 기대할 수밖에 없다.

"날 믿어?"

눈은 마음의 창이라고 했다. 나는 창을 활짝 열고 은영에게 물었다. 눈 크게 뜨고 물었다는 말이다. 은영이 내 얼굴을 물끄러미 쳐다보다 고개를 끄덕이며 말한다.

"그래, 믿어. 니는 이런 일로는 장난치지 않을 놈이지. 내가 틀렸다면 사람 보는 눈이 없는 나를 탓해야 하고……. 그냥 믿으면 되냐?"

'아! 얘가…….'

크, 감동 먹었다.

계집애가 통이 크다. 그리고 화끈하다. 이제야 은영이 같다는 생각이 든다.

"그래, 넌 사장이랑 인수 계약이나 해. 사장보고 일체 연락 끊고 일주일만 외국에 나가 있으라고 해라. 너랑 니가 안고 갈 사람도 한 일주일 쉬라고 그래. 그 안에 대충이라도 손봐 놓을 테니."

"그래, 알았어. 대갑아, 고마워."

은영이가 정색을 하고 내 손을 꼭 잡으며 말했다.

'아! 얘가 오늘 왜 이러냐? 그냥 네 스타일대로 해.'

누구한테 진심이 담긴 감사를 받아본 적이 없어서 그런지 기분이 묘하고 어색했다. 그때 마침 사장이 왔는지 노크 소리가 들렸다.

똑똑. 드르륵.

'아, 참나! 제 눈에 안경이라더니 이런 놈이 뭐가 좋다고.'

아무리 남자는 얼굴이 아니라 돈이라지만 해도 너무했다.

'마른 장작이 화력이 좋다고 하던데 그것 때문에? 아무리 그래도 그렇지. 요즘은 약도 좋은 게 많은데 말이야.'

나는 황당한 표정으로 들어선 사내와 은영을 번갈아 쳐다보았다.

한 165 정도나 되려나? 작은 키에 50키로도 안 돼 보이는 바싹 마른 오십대 사내다. 남자는 나이가 들면 너무 말라도 없어 보인다. 그리고 실제보다 나이도 더 들어 보인다. 풍채, 풍모 따위와는 전혀 상관없는 사내가 사장이라는 작자였다.

내 표정에 은영이 얼굴을 붉히며 어색한 웃음을 짓는다. 저라고 객관적인 사실을 모르지는 않을 것이다.

"대갑아, 인사해. 우리 가게 사장님."

"한대갑입니다."

강력계 형사라는 말은 뺐다. 지금은 형사 자격으로 만나는 것이 아닌 내 개인적인 용무라는 생각이다. 뭐, 공사(公私)를 정확히 구별하자는 것이 아니라 그냥 지금 기분이 그랬다. 그리고 말 안 해도 은영이가 미리 다 말했을 것이다.

"천병관이오."

'이오? 얘는 또 왜 이래?'

사장에게 젊은 형사는 눈에도 안 차겠지만 첫 대면이고 아쉬운 놈은 제 놈이다. 나이가 얼마 차이가 나건 상대에게 양해를 구하지 않고 평대하는 건 인격적으로 하자가 있다는 말이다.

그리고 그것보다 중요한 건 듣는 놈 기분 나쁘다는 거다.

"사장님은 국토해양부에서 서기관으로 재직하셨어."

은영이 내 표정을 보고 심상치 않다고 생각했는지 얼른 나서서 소개했다.

'서기관? 아하!'

서기관이면 4급 공무원이다. 중앙 부처의 과장급이고 지방의 군수가 4급이다. 경찰로 치면 우리 서장이 4급이다. 거기다 국토해양부라면 더 말할 필요도 없다. 딱 답이 나왔다.

이놈, 비리 공무원이다. 깡패와 건축 분야 공무원과의 결탁은 새삼스러운 일도 아니다. 국토해양부의 건설 쪽 과장쯤에서 해 처먹은 게 걸려 잘린 모양이다.

재직 시절 청탁으로 신나게 해 처먹다 잘리고 나서 조폭들과의 안면을 이용해 룸살롱을 해왔던 것이 틀림없다. 그러다 이제 관공서에도 약발이 떨어져 깡패들에게도 팽(烹)당하고 있는 거다.

'병신 새끼. 깡패들이 의리가 있을 것으로 생각했냐? 어제까지 형님, 형님 하다가도 오늘 등 뒤에서 칼침 놓는 게 깡패야. 너 같은 쓰레기 하나 치우는 건 문제도 아냐.'

쩝! 그렇다고 내 나이보다 두 배나 많은 사람을 은영이 앞에서 쥐어 팰 수도 없다. 잘 알듯이 난 그렇게 막돼먹은 호래자식이 아니다.

그래도 이런 상태로는 앞으로의 대화가 부드럽게 발전하지 않는다. 놈은 어려운 결정을 해야 하는데 나를 졸(卒)로 봐서는 곤란하다. 말발이 서지 않는다는 말이다.

'꼼짝 못하게 해야 되는데……'

방법은 있다.

기억하고 있겠지, 내가 덕유산에서 수련했다는 사실을?

삼 개월도 수련이냐고?

그러니까 그런 소리는 해보고 나서 말해라. 삼 개월은 긴 세월이다. 말년 병장한테 물어봐라. 얼마나 긴지 잘 말해줄 거다.

아무튼 그때 백호의 기운을 이용할 방법을 찾던 중 내가 백호안(白虎眼)이라고 이름 붙인 게 있다.

아! 백호검법과는 조금 다르다. 그건 급해서 갖다 붙인 거고 이건 진짜다.

'아! 이게 진짜 대단한 건데 말로 설명할 길이 없네.'

아무튼 지금부터 시작할 테니 봐라.

"어홍!"

물론 소리는 나지 않는다. 저건 그냥 효과음으로 생각해라. 사장을 마주 보며 백호의 기운을 눈으로 집중했다. 내 짐작이지만 상대는 백호가 덮쳐오는 듯한 착시현상을 일으키는 것 같다.

"허억!"

봐라, 쟤 얼굴을.

천병관의 얼굴이 새하얗게 변하며 안면 근육이 부들부들 떨렸다. 눈은 더 커질 수 없을 만큼 커져 있고 그 안에는 절망이 담겨 있다. 쩍 벌어진 입에선 뇌의 통제를 잃고 침이 줄줄 흘러내린다.

사장의 돌연한 변화에 은영이 의아한 얼굴로 나를 쳐다본다. 하지만 이 효과는 시선이 마주친 사람에게만 국한된다. 은영은 내가 눈을 부릅뜨고 사장을 노려보고 있는 모습을 볼 뿐이다.

그런데 이 백호안은 오래 하면 상대는 백치가 될 수도 있다. 아직은 내가 오래 지속할 수도 없지만 말이다. 그래도 약 1분 정도 사장을 째려봤다.

"어머! 이걸 어째?"

은영의 놀란 목소리에 백호안을 해제했다.

'흐흐흐!'

놈이 오줌을 지렸다. 이제 내 앞에서 고개를 빳빳이 세우지 못할 것이다. 아니, 나와 시선도 마주치지 못할 것이 틀림없다. 이제야 화기애애한 분위기가 만들어졌다.

"천 사장님, 이원 말입니다. 이렇게 하는 게 어떻습니까?"

사장의 얼굴을 똑바로 쳐다보면서 천천히 본론을 꺼냈다. 그다음의 일은 전혀 문제가 없었다. 내가 생각한 대로 은영에게 이원을 넘기기로 했다.

은영은 궁금한 일이 많은 얼굴이지만 내가 말해줄 놈이 아니란 걸 알고 포기한 모양이다. 은영의 재빠른 판단력은 인정해 줄 만하다.

'자, 이젠 한상일을 처리해야지? 이걸 어디 가서 잡는다?'

*　　*　　*

"룰룰룰!"

혼자서 신나하는 내게 김 경사가 물었다.

"뭐야? 뭐 좋은 일 있어?"

"아뇨. 별것 아녜요. 스트레스 풀 일이 생겨서요."

"새끼, 좋은 일 있으면 같이해, 혼자만 하지 말고."

"진짜 아녜요. 그건 그렇고, 김용석 건은 어떻게 됐어요?"

"아, 그건 니 기자 친구 덕에 문제없을 것 같다. 젊은 여자가 수단이 좋아. 그동안 오래 조사했나 봐."

그동안 지연은 무슨 수를 썼는지 세 명의 피해자를 확보했다. 지연의 지시에 따라 순서대로 고소해 그중 둘은 거액의 합의금을 챙겼다. 마지막 한 여자는 돈이고 뭐고 다 필요없이 놈에게 콩밥을 먹이겠다고 했다.

그래도 이상득은 초범이라 얼마 안 살고 나온다. 하지만 합의금으로 집도 팔았다는 것을 보면 어느 정도 벌은 받았다. 그리고 문제는 김용석이 놈의 물건을 못 쓰게 만들어 다시 그

짓은 못하게 됐다.

물론 그 덕에 김용석은 납치, 감금, 상해, 도촬, 폭력 교사 등의 다양한 죄목으로 입건되었지만 말이다.

"잘됐네요."

"그래. 덕분에 신문에도 나게 생겼어. 아무튼 고맙다."

"뭘요. 다 돕고 사는 거지. 애들은 학교 잘 다니죠?"

"응, 언제 한번 놀러 와."

"예, 애들 학교 안 가는 날 한번 갈게요."

김 경사와 오랜만에 한가하게 잡담을 나누고 있을 때 전화 벨이 시끄럽게 울렸다. 나보다 전화기에 가깝게 있던 김 경사가 받았다.

"예, 강동서 강력젭니다."

전화를 받던 김 경사가 나를 쳐다본다.

'왜지? 나를 찾는 전환가?'

역시 그랬다.

"한대갑 형사요?"

김 경사가 나를 힐끗 쳐다본다. 전화 받을 거냐는 무언의 물음이다. 세상에 나만큼 떳떳한 사람도 없다. 내가 전화를 피할 이유가 전혀 없다는 말이다. 내가 고개를 끄덕이자 김 경사가 다시 수화기에 대고 대답했다.

"예, 있습니다. 어디라고 전해드릴까요? 한상일 씨요. 잠시 기다리십시오."

'응, 한상일. 허참, 이 새끼가 겁도 없이 여기다 전화질을
해. 결국 내 이름을 알았다 이거지?'
　난 한상일이라는 말에 어이가 없었다. 김 경사가 건넨 수화
기를 받아 물끄러미 쳐다보았다.
'참 여러 가지 한다.'
"전화 바꿨습니다."
—어이구! 한대갑 형사님이십니까? 지난번에는 미처 알아
뵙지 못해 실례가 차— 암 많았습니다.
'어쭈구리! 잘하면 욕도 하겠는데?'
　한마디로 귀엽게 놀고 있다. 깡패들의 저런 어법은 내가 어
렸을 때 쓰던 방법이다. 하지만 상대가 평범한 일반에게나 통
하는 수법이다.
"제 전화번호를 알려드리겠습니다. 공무가 아니라면 휴대
폰으로 해주십시오. 번호는 011—329—1234입니다. 다시 한
번 불러드리겠습니다. 011—329—1234로 해주십시오."
—야! 한대갑이!
　한상일이 부르는 소리를 뒤로하고 전화를 끊었다.
툭.
"누군데 그래?"
"예전에 알던 놈인데 뭔가 시비를 걸려나 봐요. 사무실 전
화로는 시끄러울 것 같아서……."
"그냥 끊었으니 또 올 텐데?"

따르릉따르릉.

김 경사의 말대로 바로 전화벨이 울렸다.

'참 세상 많이 좋아졌다. 깡패 새끼가 형사 사무실에 전화를 다 하고……'

"김 경사님, 아까 그놈이면 제 휴대전화 알려주세요. 밖에서 받게요."

한상일이 무슨 생각으로 저렇게 나오는지는 몰라도 김 경사에게도 그러지는 못할 것이다. 김 경사에게 전화를 부탁하고 사무실 밖으로 나갔다.

'얘가 그전 일로 나를 협박할 생각인가? 미친놈!'

정말 그렇게 생각할 수도 있다. 한상일은 새대가리니까 말이다. 서 검사 일은 일부러 알릴 일은 아니어도 알려져서 잘못될 일은 없다.

물론 범죄를 모의한 것도 틀림없는 범죄 행위다. 그것만 보면 나도 과거에 범죄를 저지른 것은 틀림없다. 그런데 나는 실행 과정에서 자수한 거나 마찬가지다. 오히려 나로 인해 사전에 서 검사의 살해를 막을 수 있었다. 이런 경우는 범죄 행위와 서로 퉁 쳐준다.

도대체 얘가 어디서 무슨 얘기를 듣고 저러는지 이유를 모르겠다. 단순히 나를 난처하게 할 목적이었다면 성공했다. 하지만 그 대가는 놈이 몸으로 때워야 할 것이다. 오랜만에 진짜 제대로 짜증이 난다.

‘아주 구덩이를 파라, 구덩이를.’

지지징지지징.

휴대폰으로 전화가 왔다. 놈의 생각을 알 때까지 얌전히 받을 생각이다.

“여보세요. 한대갑입니다.”

―아이고, 한 형사님. 뭔가 찔리는 게 있습니까? 왜 전화를 피하고 지랄이십니까?

“야, 한상일이. 요새 살기 어렵냐? 공짜 밥이 그렇게 그리워?”

―하! 이 새끼 봐라? 형사가 무슨 벼슬이냐? 죄없는 사람 협박이나 하고 말이야. 하긴 범죄자가 형사가 됐으니 뭘 알기나 하겠어? 너, 나 좀 봐야겠다.

‘쩝! 역시 새대가리군. 저런 머리로 어떻게 험난한 세상을 살아가겠다는 건지……’

예상을 벗어나지 못하는 한상일의 말에 혀를 찰 수밖에 없었다. 놈은 정말 내 약점을 잡았다고 생각하고 있었다.

‘아무리 그렇다고 해도 너무 막나가는 거 아냐? 파출소 순경도 아니고 강력계 형사한테?’

놈이 속한 조직이 검사도 살해하려 했는데 신참 형사 하나 두려워하진 않을 것이다. 그래도 그건 조직의 일이지 깡패 개인이, 그것도 한상일 정도는 아니다. 결론은 한상일이 정말 병신이라는 것 하나다.

'아이고! 내가 이런 놈에게 속아 살인을 하려고 했다니……'

그땐 나도 어지간히 한심했나 보다. 하지만 울고 싶은데 뺨 때리는 격이 아닌가. 그렇지 않아도 만나야 하는데 잘됐다는 생각이다.

'어쨌든 놈이 만나자고 하면 만나야지. 내가 찾기도 귀찮은데 잘됐다.'

"너, 나한데 왜 이러는데?"

―이 새끼, 꼴에 형사라고 나이도 어린놈이 꼬박꼬박 반말이야. 몰라서 물어, 이 새꺄? 난 너 때문에 4년을 썩었어, 개새꺄. 너도 조용히 살고 싶으면 억울한 사람한테 보상해야 하는 거 아냐?

예상대로 4년 살았나 보다. 근데 감방에서도 헛살았나 보다. 원래는 내게 뒈질 놈이 4년이면 운 좋은 줄 알아야 한다. 놈이 그 사실을 알 리는 없지만 말이다.

'난 15년을 이국땅에서 굴렀다, 새꺄! 손가락도 하나 잘리고.'

"너 자꾸 귀찮게 굴면 가만두지 않는다. 후회하지 말고 한 구석에 찌그러져 있어."

강력계로 전화를 할 정도면 쉽게 물러나진 않을 것이다. 어디까지 가나 끝까지 가볼 생각이다.

저런 놈에게 강동구를 맡긴 BBK도 별것 아닌 것 같다. 뭐든 조직은 적재적소에 적당한 인간을 심어야 한다. 그걸 못하는 조직은 무너질 수밖에 없다.

―어쭈! 이 새끼가 아직 법 무서운 걸 모르네? 짭새가 되고 나니 보이는 게 없냐?

'어이구! 내가 졌다, 이 화상아.'

역시 대화는 상식이 통하는 상대하고 해야 된다. 얘 같은 애들 땜에 한국의 조직 문화가 밑바닥이다. 도대체 소리 지르고 욕만 하지 아무 내용이 없다. 지금까지 한 말 중에 기억나는 건 '새꺄' 밖에 없다.

"그래, 내가 졌다. 어떻게 해주랴?"

―일단 한 번 만나야지. 엊그제 제대로 인사도 못했잖아.

"얼루 가랴?"

―일단 천호동 먹자골목으로 와. 거기서 내가 전화로 시키는 대로 오면 돼. 혼자 오는 건 알지?

"지금?"

―그래, 새꺄. 지금 빨리 튀어와.

사람이 지위가 있으면 깡패라도 말을 가려서 한다. 근데 얘는 밤새 걸레를 물고 잤나보다.

"알았다. 끊는다."

―달고 나오면 다 까발릴…….

툭.

더 듣고 있다간 귀를 버릴 것 같다.

그런데 우리나라 조폭 많이 컸다. 형사에게 협박할 생각을 하는 걸 보면 말이다. 이런 더러운 꼴 당하지 않으려면 사람 가려서 만나라. 어려서 잘못 맺은 인연이 이런 식으로 태클 걸고 들어온다.

"근데 이 새끼 무슨 짓을 하려고 그래?"

잠시 통화만으로 나도 전염됐다. 호환, 마마보다 무서운 놈이다.

『더 퍼니셔』 2권에 계속…

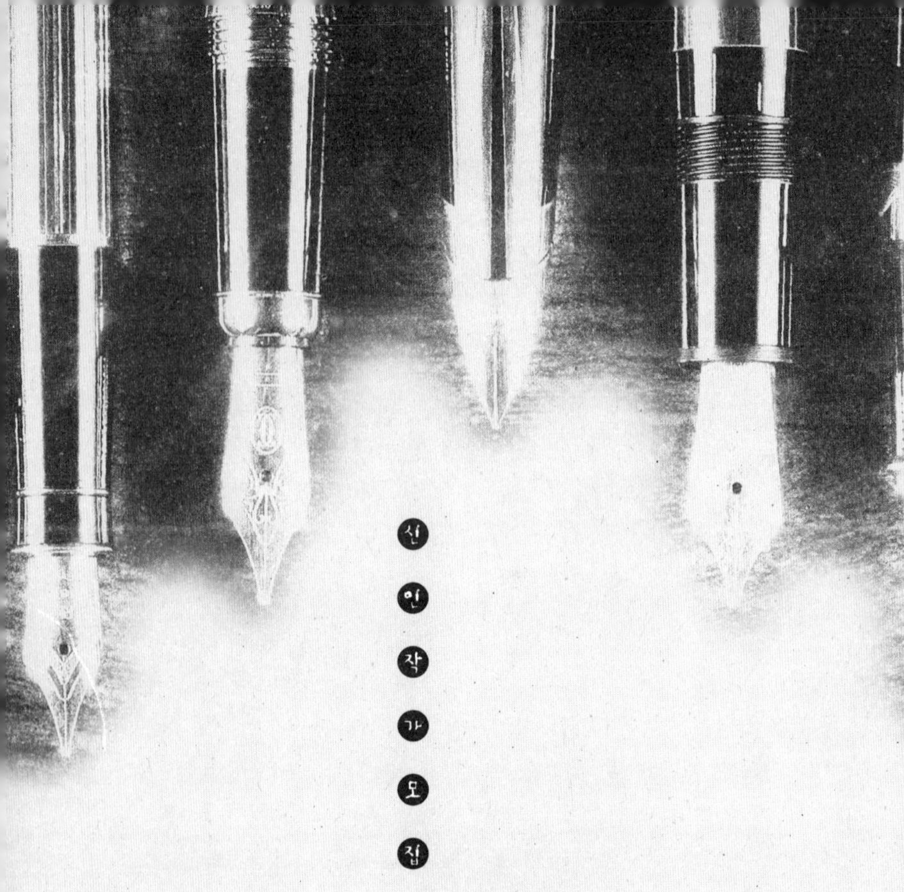

新月劍帝
단월검제
강태훈 新무협 판타지 소설